2024 신춘문예 당선평론집

2024
신춘문예 당선평론집

정은출판

차례

2024 신춘문예 당선평론집

평론

신춘문예 당선 평론

2024 경향신문 신춘문예 평론

정우주

1999년 경기도 출생
이화여자대학교 국어교육과 및 국어국문학과 졸업
동 대학원 국어국문학과 석사과정
2024년 《경향신문》 신춘문예 문학평론 부문 당선
un22verse@naver.com

상실의 자리로부터
– 천선란론

정 우 주

1. 멸종과 박탈 사이

"인간이 망친 세상에서 살면시 인간을 믿는다는 게"(『랑과 나의 사막』, 70) 가능할까. '지금은 대체 어떤 세계인가'[1]라는 어느 철학자의 물음을 떠올려 본다. 지구의 한쪽에서는 이상 기후와 플라스틱 쓰레기들로 인해 생명들이 죽어가고, 또 그 반대편 도심의 거리에서는 구멍 난 안전망으로 단시간에 수백에 달하는 죽음들이 발생한다. 이 사건들은 얼핏 각기 다른 차원의 문제로 구분되는 듯 보이지만, 자본주의 속에서 인간이 엉망으로 만든 세계의 끝에 다다랐다는 지점에서 서로 겹쳐진다. 일상적이다 못해 상시적으로 일어나는 죽음과 그에 대한 애도를 빠르게 종결하고 복귀하라는 명령이 짝패처럼 엉겨 있는 이 세계에서, 과연 상실 이후의 삶은 어떻게 모

1) 주디스 버틀러의 최근작 『what world is this?』(2022)의 한국어판 제목이다.

색될 수 있을까.

2022년 10월 29일 벌어진 참사는 또 하나의 사건을 연상케 했다. 물론 이태원과 세월호 사이에는 손쉽게 등치될 수 없는 맥락들이 존재하지만, 참사 1주기를 막 지나온 시점에서 이를 되짚어보는 일은 자연스러워 보인다. 한국문학장에서 세월호 서사는 "살아남은 자의 '말할 수 없는' 언어"[2]로써 침묵의 잠재성을 발굴하는 방식으로 다뤄져 온 한편, 재현불가능성의 건너에서 사건에 대해 "충분히 의식하고 재현할 수 있는"[3] 정교한 언어의 필요성이 요청되기도 했다. 이태원 참사에 이르러 아직 담론의 양상을 뚜렷이 명명할 수는 없다고 해도, 신자유주의 비판과 함께 "그 체제 속에서 숨 쉬고 살았던 개인 주체들"[4]에 천착하는 상실 이후의 서사가 다시금 읽혀야 한다는 점은 주목을 요한다.

그리고 여기, 유독 상실의 장면들에서 떠나지 못하고 오래 머무르려는 작가가 있다. 천선란의 소설은 분명 인간과 비인간의 경계를 넘어서는 사랑과 우정을 그려내지만, 그 관계맺음이란 무해하고 낭만적인 공존보다는 오히려 선명한 슬픔과 고통을 향해 있다. 특히 사랑했던 대상을 떠나보내고 남겨진 자들이 결코 상실 이전

---

2) 이광호, 「남은 자의 침묵 : 세월호 이후에도 문학은 가능한가?」, 『문학과사회』 2014년 겨울호, 334쪽.

3) 오혜진, 「'세월호' 이후의 언어와 표상들」, 『지극히 문학적인 취향』, 오월의봄, 2019, 531쪽.

4) 이광호, 앞의 글, 324쪽.

과 똑같아질 수 없음을 뼈아프게 자각하는 순간들은 곧 엉망이 되어버린 세계를 인간의 힘으로 재건하려는 목표가 환상에 불과하다는 목소리와 포개어지며, 상실을 껴안고 살아가는 삶에 대해 상상하도록 한다.

다만 최근의 한국문학에서 인간과 비인간이 논의되는 방식은 이미 한 차례 변화를 겪은 듯하다. 탈인간중심적 전회가 인간의 위치성을 "지상으로 끌어내림으로써" 비인간과의 "긍정적인 연결"[5]을 가능케 하는 것이라 본 관점이 비교적 초기의 흐름이었다면, 이를 전면적으로 반박하는 견해 또한 제출된 바 있다. "인간과 비인간의 공생적 관계라는 당위"는 성급히 윤리성만을 확보하고자 하는 비평적 오독을 낳았으며, 현실에 그어진 "견고한 분할선"[6]으로 인해 낙관적 연대가 어렵게 된다는 요지가 그것이다. 그렇다면 여기서 한발 더 나아가 오히려 그 '지난한' 지점으로부터 공존이 모색될 수 있음을 말해보는 것은 어떨까. "많은 생물종이 서로 조화를 이루지도, 정복하지도 않으면서 함께 살아가는, 교란에 기반한 생태"[7]가 바로 천선란 소설 속 세계이다.

원자 폭탄이 떨어진 히로시마 지역에 처음 등장한 생물이 송이

---

5) 김보경, 「인간의 가장자리로 걷기-여성, 동물, 기계」, 『문학과사회』 2020년 여름호, 423쪽.

6) 송현지, 「어느 순례자로부터 온 편지 – 안태운론」, 『2023 신춘문예 당선평론집』, 정은출판, 2023, 102쪽.

7) 애나 로웬하웁트 칭, 『세계 끝의 버섯』, 노고운 옮김, 현실문화연구, 2023, 28쪽.

버섯이었으며, 산업화 시기 대규모 산림 벌채가 이루어진 민둥산에 소나무가 스스로 싹을 틔웠다. 이토록 불안정한 세계는 전혀 예측하지 못한 방향으로 흘러간다고 할 때, '그릇된 삶에서 올바른 삶을 이끌어낼 수 있는가'"[8]에 대한 아도르노의 망설임은 이제 그 불확정성의 마주침에 기대어 대답해 볼 수 있을 듯하다. 그러니까 "0.01퍼센트는 불가능의 수치와 맞먹는 것일지라도 (…) 그 숫자는 '존재한다'".(『랑과 나의 사막』, 113) 이로써 천선란은 인간이 망친 세상의 한복판으로 걸어 들어가, 그곳에 남은 자들이 삶을 어떻게 일으키는지를 그려낸다.

2. 죽음을 붙잡아두는 힘

천선란 소설 속 인물들은 곁의 누군가를 자꾸만 떠나보낸다. 근작 『이끼숲』[9]에서 지상으로부터 쫓겨나 땅 밑에 지하도시를 건설해 살아가는 인간들은 대부분 죽음의 그림자에 노출되어 있다. 용역업체에 소속되어 경비 일을 하는 마르코와 은희는 매번 약속되지 않은 추가 업무를 하고도 아무런 대가를 받지 못하고, 연구원들과 달리 '막일'을 한다는 이유로 카트를 탈 수 없어 휴게시간을 쪼개 걸어서 먼 근무지를 오가야 한다. 차별적인 회사의 태도에 마르코

8) 테오도르 아도르노, 『미니마 모랄리아』, 김유동 옮김, 도서출판 길, 2005.

9) 천선란, 『이끼숲』, 자이언트북스, 2023. 이하 본문 인용은 쪽수만 밝힌다.

의 선배 커커스는 동료들과 파업을 선언하는데, 이에 마르코와 같이 선택을 유보한 이들이 대타 출근과 초과 근무에 동원된다. 늘어난 업무량에 혹사당하면서도 이전보다 훨씬 늘어난 벌이와 여유로워진 삶에 만족을 느끼던 마르코는 어느 순간 커커스를 마주치고, "자신이 커커스의 숨을 빼앗아 쉬고 있다"(74)는 사실을 목도한다.

이때 타인의 죽음을 통해 자기 삶이 유지되고 있다는 죄책감에 시달리는 마르코조차도, 계약한 월급보다는 많지만 근무 시간에는 훨씬 못 미치는 임금을 받고 있다는 점은 문제적이다. 꼬박꼬박 일을 나가는 마르코도, 반년 넘게 파업을 이어가던 커커스도, 돈이 필요해 아바타에게 목소리를 팔아버린 은희도 전부 '살 만한 삶(livable life)'을 위해 노동하지만, 오히려 일을 계속하면 할수록 점점 더 죽음에 가까워진다.[10] 다시 말해, 이들은 모두 "삶을 위해 삶을 버리는"(230) 모순에 처해 있다. 소설의 결말에 이르러 커커스는 끝내 복귀하지 못한 채 어디론가 사라져 버리고, 은희는 언젠가 스스로 예견했던 것처럼 "죽음의 잔해"(50)인 '바다눈'이 되어 흩어져 내린다. 결국 떠난 이들을 앞으로 영영 보지 못하리라 직감하는 마르코는 "닫힌 세계"(87)에 홀로 남아 끝없는 상실을 겪는다.

이렇듯 『이끼숲』의 세계는 누군가를 살게 만들고 '죽도록 내버려 두는' 상태에서 한발 더 나아가, 특정 인구의 목숨을 담보 삼아 적극적으로 생명을 빼앗는 죽음정치적 방식으로 작동된다. 노동의

10) 주디스 버틀러, 『지금은 대체 어떤 세계인가』, 김응산 옮김, 창비, 2023, 85쪽.

"쳇바퀴를 멈출 수 있는 수단은 죽음뿐"(230)이라는 지하도시 위원장의 말은 "우린 산 채로 묻힌 거"(83)라는 은희의 나직한 중얼거림을 상기시킨다. 즉 언제든 자신의 삶이 폐기되어버릴 수 있음을 일상적으로 감각하는 지하도시의 인물들은 살아있지만 마치 죽은 시체와 같은 삶을 살아간다. 한편 마르코가 지키는 연구소 문 너머에서는 인간을 복제한 클론들이 제작된다. 지하도시에서 클론은 일종의 보험 개념으로, 일을 하다 사고가 발생하면 잘려 나간 신체를 클론에서 가져다 이식한다는 점에서 생명 그 자체를 소비의 대상으로 삼는 죽음정치의 대표적 상징인 셈이다. 이때 건설 현장에서 일하는 유오의 손가락과 다리는 마치 쓰고 버릴 수 있는 일회용품과 같이 언제든 다른 것으로 대체될 수 있는 것처럼 여겨진다.

그러나 "무엇보다 클론이 죽음 앞에서는 무용하다"(160)는 사실은 존재의 대체불가능성을 드러낸다. 지반이 붕괴되어 흙더미에 깔려버린 유오의 죽음 이후, 소마는 유오와의 기억에 머무르며 방안으로 틀어박힌다. 다만 끊임없이 맞물리는 노동력의 톱니바퀴로 지탱되는 지하도시에서, 게으름이나 무기력함은 허락되지 않는다. 고작 며칠간 일을 나가지 않은 소마 앞에 당도한 것은 즉시 돌아오지 않으면 정신재활원으로 끌려가야 한다는 소식이다.

> "다 유별나게 억울하고 슬프면 도대체 일은 누가 해? 언제 일을 하느냐고!"(231)

오래 슬퍼하는 일은 나태함의 상징이 되어버리고, 그만 슬픔에서 빠져나와 신속히 일상으로 복귀하라는 분위기가 당연시된다. 이 지점에서 'VAX2'를 섭취하지 않은 디에고에게 나타난 증상이 바로 '울분'과 '분노'였다는 사실은 의미심장하다. 지하도시의 모든 이들은 우울증이나 정신 분열 등의 질환을 막기 위해 매일 한 알씩 'VAX2'를 먹도록 요구된다. 하지만 질환에 대해서는 그 누구도 정확히 목격한 바 없이 그저 괴담으로만 퍼져 있으며, 특히 복용을 중단한 사실이 알려지면 정신재활원에 보내진다는 서술들은 이것이 어떤 진실을 보지 못하게 만드는 통치 수단이라는 점을 가늠케 한다. 이제 '언제까지 슬퍼하고만 있을 거냐'는 물음이 '그것에 대해 오래 생각하지 말라'는 명령이 되어 돌아온다. 그 사이, 누군가를 죽음으로 몰아넣는 세계의 질서는 매끄럽게 은폐된다.

이처럼 죽음의 작업을 수행하는 권력은 삶을 관리하는 영역 아래 어둠의 공간에서 은밀하게 움직인다. 그렇다면 먼저 간 이의 죽음을 끝맺지 않고 여전히 "분하고 억울"(232)한 것으로 놓아두려는 안간힘은 곧 죽음을 만들어낸 폭력을 수면 위로 끌어올리려는 천선란식의 애도로 읽어 마땅하다.

네가 살았으면 좋겠어.
저 멀리서 바람 소리가 들려온다.
제발 나 좀 잊고 살았으면 좋겠어. 아무렇지 않게.
나라면 절대로 하지 않았을 생각을, 그 애가 말한다.

나를 잊고 마냥 행복할 수는 없어?

그럴 방법은 없다. 드문드문 행복은 느낄 수 있을지 몰라도 잊을 수 없고. 잊을 수 없다면 마냥 행복할 수 없다. 내가 행복할 방법은 딱 하나다. 애초에 그 애가 죽지 않는 것.(238)

프로이트는 사랑했던 대상에 대한 리비도를 철회하고 새로운 대상을 향해 바꾸어내는 것이 성공적인 애도라고 설명했다. 대상의 완전한 대체가능성을 전제하는 이러한 관점이 잘 '잊는' 행위를 가리킨다면, 유오를 잊고 행복할 방법은 애초에 '없다'는 소마의 말은 상실로 인해 세계의 균열을 알아버린 주체가 다시 "닫힌 세계"(87)로 돌아갈 수 없음을 상기시킨다. "편안한 상태에서 지냈던 예전으로 돌아가고 싶지 않니?"(235)라는 물음에 되려 "슬픔이 유별나도 되는 곳으로 가고 싶다"(233)고 대답하는 천선란의 소설은 존재를 무엇과도 대체하지 않은 채 상실의 자리에 남아있기를 자처하며, 오래 슬퍼하고 오래 기억하려 애쓴다. 이로써 남겨졌던 소마는 "평생 떼어놓을 수 없"을 "끈적끈적한 덩어리"(201)로서의 유오를 감각하며, 지하도시의 '바깥'으로 나가기를 선택한다.

지하도시를 벗어나면 바로 죽게 될 것이라던 모두의 예상과는 달리, 유오의 클론을 등에 업은 채 지상으로 발을 내디딘 소마는 "세상의 끝"(242)이라 여겨지는 거대한 벽까지 죽지 않고 살아서 걸어간다. 그 앞에 이르러 벽이 사실은 아주 높은 나무였음을 알게 되고, 숲속으로 들어간 소마의 손등에 문득 푸릇푸릇한 이끼가 돋아나는 결말은 상실로 인해 아무것도 남지 않았다고 생각되던 바로 그 순간에 폐허로부터 무언가 쑥 자라났다는 사실을 발견하게 한다. 설령 유별난 슬픔이 "아무것도 바꾸지 못했"(223)을지라도, "바위틈에도 살고, 보도블록 사이에도 살고 멸망한 도시에서도 살 수 있"(247)는 이끼는 피어난다. 그러니까, "우리가 엉망으로 만든 이 세계에 아직 무언가 살아 있다"[11].

3. 교란의 리듬과 우연적 파랑(波浪)

> "세상에 모든 것들에는 이유가 있으니까요."
>
> (…)
>
> "틀렸어. 네가 잘못 알고 있는 거야. 세상에는 원래 이유가 없었어. 인간들이 이유를 가져다 붙인 거지. 그러니까 순서를 따지자면 이유 없이 생겨난 게 먼저야."
>
> "하지만 저는 틀릴 수가 없는데…"
>
> "누구라도 틀려. 원래 살아가는 건 틀림의 연속이야."(312-313)

인간에 의해 황폐화된 산업비림에서 불현듯 올라오는 송이버섯은 그간 우리의 것이라 굳게 믿어왔던 통제된 세계가 실패했음을

11) 애나 칭, 앞의 책, 8쪽.

보여준다. 세계는 규정하기 힘든 불확정성과 불안정성으로 가득 차 있으며, 이는 때때로 삶을 "오류의 우연성"[12]에 빠뜨린다. 아니 오히려 지구를 엉망으로 만들어버린 시대에서, 예측 불가능한 유동성은 예외적이라기보다 '언제나 그러한' 조건이 되기도 한다. 이로써 무참히 파괴된 풍경을 들여다보는 일은 곧 통제할 수 없이 뒤얽히는 교란적 공존을 마주치는 일이라고도 말해볼 수 있다면, 『천 개의 파랑』[13]은 몸이 산산이 부서지게 될 최후의 순간, 상실의 한복판에서 시작되는 소설이다. "폐기를 앞둔 기수" 콜리와 "안락사가 확정된 경주마"(10) 투데이는 처분되기를 기다리고 있다. 죽음을 목전에 둔 이들의 만남은 "치명적인 실수와 기회"(9)로 맺어진다.

콜리는 기수 휴머노이드로 계획되었지만, 학습 휴머노이드용 칩이 잘못 삽입되는 "말도 안 되는 사고"(11)가 일어나 인지 능력을 갖춘 존재로 만들어진다. 소설 속 인물들이 "살아 있지 않은데 살아 있는 것처럼 행동"(230)하는 콜리를 설명할 때 가장 많이 사용하는 단어는 다름 아닌 '이상하다'이다. 다 망가진 휴머노이드를 왜 사왔느냐는 질문에 "…그냥 이상해서요"(242)라고 답하는 연재의 말은 정해진 목적과는 무관하게 얽혀 들어가는 우연적 관계의 사슬들을 내재한다. 한편 관절이 망가져버린 투데이의 사형일이 이틀 후로 결정되자, 연재와 은혜, 콜리는 2주 후에 있을 경기 출전

12) 위의 책, 341쪽.

13) 천선란, 『천 개의 파랑』, 허블, 2020. 이하 본문 인용은 쪽수만 밝힌다.

권을 따내 남은 삶을 늘리고자 한다.

"당연하지. 살아간다는 건 늘 그런 기회를 맞닥뜨리는 거잖아. 살아 있어야 무언가를 바꿀 수 있기라도 하지."(261)

"연재는 실수가 기회와 같은 말이래요."(286)

투데이로 하여금 한 번 더 경주를 하도록 만들어 그 짧은 삶을 연장한다고 하더라도, 결국 죽는다는 건 마찬가지라는 점에서 사실상 다르지 않다. 그러나 산림 관리에 실패해 방치된 땅에서 뜻밖에 송이버섯이 나타나듯, '실수'는 무언가 생겨날 '기회'가 되기도 한다. 연재'일당'은 관리자에게 출전 승인을 받아내고, 끝내 투데이를 주로에 세우는 데 성공한다. 이 여정은 콜리를 신고하지 않고 연재에게 넘겨준 마사 관리인 민주와 아이들의 경마장 출입을 눈감아준 보안관 다영, 그리고 투데이를 성의껏 돌봐준 수의사 복희 등 여러 인물들의 합작이라 할 만하다. 이렇듯 천선란이 그려내는 연대는 실로 찬란하고 아름답지만, 마냥 "예쁜 광경은 아니다."[14)]

속도에 대한 인간의 선망은 몇천 년 동안이나 경마를 유지시켰고, 우수한 말끼리 교배해 점점 더 빠른 말을 탄생시켰다. 제대로 달리지 못하는 말은 인간이 필요로 하지 않기에 더 어리고 빠른 말

14) 애나 칭, 앞의 책, 354쪽.

에게 마방을 비워줘야 하는 처지에 놓인다. 민주는 그 최후를 목격할 때마다 씁쓸한 기분을 느끼지만, 돈이 되지 않는 말들을 불쌍하다는 이유로 계속 데리고 있으면 경마장 운영에 손해가 가고, 그렇게 되면 민주의 일자리부터 위협받는다. 즉 인간과 비인간 모두가 "서로의 목을 감"(218)은 채 '내가 살기 위해 너를 죽여야 하는' 시스템 위에 촘촘히 얽혀있다.

더욱이 투데이를 출전시키는 데 있어 베팅금이 결정적이었다는 사실은 유의미하다. 최소 한 명 이상의 베팅자가 있어야만 경주마가 주로에 설 수 있다는 규칙 때문에, 연재는 자신이 일하던 편의점 점장을 찾아가 투데이에게 돈을 걸어달라고 부탁한다. 그런데 이는 교란적인 송이버섯 상품사슬을 연상케 한다. 송이버섯의 생산에서부터 무역, 판매, 소비에 이르기까지 걸쳐진 모든 참여자들은 '자유로운' 선물의 관계로 함께 묶여 있지만[15] 수입되기 직전, 송이버섯은 대규모 구매업자의 창고로 보내져 성숙도와 크기에 따라 분류되는 시간을 거친다. 그 잠깐의 시간 동안 송이버섯을 둘러싼 '자유'의 흔적은 지워지고 오직 재고품의 일부로써 온전히 자본주의적인 상품만이 남는다.

---

15) 채집인들은 임금을 받고 노동하기보다 숲에서 버섯을 발견하는 기쁨과 위험을 즐기며, '자유의 트로피'로써 야생의 송이버섯을 딴다. 이후 수입된 버섯은 중개인을 통해 거래되는데, 이때 버섯의 품질과 특성에 따라 그에 알맞은 구매인과 이어줌으로써 유대 관계를 형성한다. 그렇게 판매된 버섯은 거의 항상 선물용으로 쓰이며 개인들 사이에 감사의 표시가 된다.(위의 책, 225-239쪽.)

그러나 바로 그 '소외'된 시간이 이윤 산출을 가능하게 하기에, 전체 사슬 또한 가치 있게 유지되고 접합될 수 있다. 즉 자본주의 체제는 비자본주의적 방식과 공존하며 마치 퍼즐 조각들처럼 연결되어 있다. 선물에서 상품으로, 또 그 반대로 반전을 거듭하는 과정을 통해 "어떻게 상품에서 선물이 만들어지는가"[16]를 탐구하는 칭의 사유는 이제 천선란 소설을 읽어내는 새로운 렌즈가 된다. 연재와 은혜, 콜리의 목적은 오로지 투데이의 삶을 조금이나마 계속하는 것 자체에 있었지만, 결국 먼 훗날 투데이는 초원에서 하늘을 바라보며 살게 된다. 그리고 그 사이에는 얽힘을 풀어버리는 교란적 리듬이 선명하게 어른거리고 있다.

이렇듯 천선란 소설의 미학은 인간과 비인간의 공생(共生)을 이야기하면서도 인간의 행위성을 소거시키지 않은 채, 오히려 자본주의의 절정에서 그것을 바로 봄으로써 살아감의 방법을 모색한다는 데 있다. 이는 모든 것을 객체로 일원화해 인간과 비인간 모두가 평평한 물질의 세계를 이루도록 하는 관점[17]과는 구별된다. 더 이상 인간이 개입하지 않는 자연이란 없다고 했을 때, 인간의 행위력을 축소시키는 것은 도리어 비인간에 대한 방임에 가깝기 때문이다.[18]

---

16) 위의 책, 229쪽.

17) 대표적으로 그레이엄 하먼의 객체 지향 존재론(Object Oriented Ontology)이 있다.

18) 관련된 논의로 황정아의 글 「물질과 문학, 그리고 인간-되기」(『문학동네』 2022년 봄호)가 있다. 비인간 물질의 강력한 행위자성을 강조하며 객체들 사이로 물러나려는 선택을 인간중심적인 외면으로 보는 것이 해당 글의 요지이다. 다만 "지금은

"이미 이 행성은 인간 중심의 행성이 됐"기에 평생을 마방에만 갇혀 산 말들의 "안락사를 무턱대고 반대하는 건 결국 그 아이들에게 알아서 죽으라는 말밖에 되지 않"(156)으며, "그것 역시도 착해지고자 하는 인간의 이기심"(157)이라는 천선란의 목소리는 그래서 귀하다. 경마장의 말들을 모두 세상 밖으로 풀어주자는 결말이 아니라, 연재와 은혜, 콜리와 투데이가 함께 엮여 다시 한 번 경마를 해내는 장면을 그려낸 이유이기도 하다. '너를 살리는 방식으로 내가 사는' 윤리의 출현이 빛난다.

4. 애도라는 존재 방식

사랑했던 대상의 상실 이후 남겨진 자의 삶은 어떻게 흘러갈까. 앞서 폭탄 맞은 지상 원점(ground zero)에서도 기꺼이 나타나는 송이버섯을 통해 불확실한 교란도 어떤 삶을 가능케 한다는 생존의 방식을 펼쳐냈다면, 거꾸로 누군가를 잃은 뒤 서로가 얼마나 긴밀히 엮여 복수(複數)적으로 존재하고 있었는가를 알아차리게 하는 소설이 『랑과 나의 사막』[19]이다. 죽은 랑의 시체를 땅에 묻어주는 장면

(…) 온갖 폐해를 바로잡는 우점종으로서의 마지막 책무를 이행할 때"(218쪽)라는 표현은 지구의 재생이 전적으로 '관리자'로서의 인간에 달려 있음을 함의한다는 점에서, 우연적 교란들에 주목하며 '인간이 지구를 원래대로 되돌려놓을 수 있다'는 주장 역시 환상에 불과하다고 보는 본고의 논지와는 갈라진다.

19) 천선란, 『랑과 나의 사막』, 현대문학, 2022. 이하 본문 인용은 쪽수만 밝힌다.

으로 시작되는 이 소설은 인간인 랑을 떠나보내고 홀로 남은 로봇 고고의 이야기를 다룬다. 여태껏 세상의 전부라 여겼던 랑이 사라지자, 고고는 무얼 해야 하는지 알지 못하는 상태에 놓인다. 그러나 망가질 때까지 분명한 목적을 다하도록 만들어진 것이 로봇이기에, 고고는 랑이 보고 싶어 했던 '과거로 가는 땅'을 찾아 떠난다. 다만 "랑을 행복하게 해줘야 한다는 목적"(44)을 가지고 오른 길이 거센 모래폭풍이 몰아쳐 지형이 변하고, 언제든 방향을 잃을 수 있는 '사막'이라는 점은 의미심장하다.

사막을 걸어가는 고고는 인간 버진과 카일, 로봇 알아이아이를 차례대로 마주친다. 폭풍으로 모래에 갇힌 버진을 붙잡아 끌어 올려주고, 그 짧은 만남의 끝에 "당신이 살았으면 좋겠다"(74)는 한 마디를 덧붙인다. 객사해 이미 딱딱하게 굳어버린 카일의 시체를 발견하고 잘 묻어준 뒤 그를 위해 선인장 신에게 기도를 올린다. 사고로 양쪽 팔을 잃은 알아이아이에게는 자신의 한쪽 팔을 옮겨 붙여준다. 합리적 목적과는 완전히 반대되어 보이는 고고의 이 모든 "오지랖"(74)은 너무나 '인간적'이다. 이는 사막 한가운데 버려져 있던 고고를 그냥 지나치지 못하고 깨우고 살렸던 랑의 모습을 닮아 있다. 언젠가부터 고고는 기억장치가 멋대로 과거를 재생하는 오류를 겪는다. 다른 존재들을 만날 때마다 느닷없이 재생되는 랑의 영상은 고고를 바라보는 얼굴로, 또 고고를 부르는 목소리로 고고의 앞에 나타난다. 랑과의 기억은 끊임없이 고고의 여정에 개입하며, 그 삶을 예기치 못하게 만든다.

이때 "어찌할 수 없는 오류"(16)가 가리키는 것은 다름 아닌 고고라는 존재 그 자체이다. 상실의 경험은 역설적으로 "우리가 어떤 사람인지"[20]를 보여준다. 다시 말해 '너'를 잃는 경험은 '나'로 하여금 '너'와 연결되어 있었음을 발견하게 하며, 나아가서는 그로 인해 '나' 역시도 잃게 되었음을 이해하도록 한다. 랑과 고고는 각각 여기와 저기가 아니라 서로가 서로의 세계를 구성하고 있었으므로, 랑의 부재는 고고의 삶을 뒤흔든다. 자신이 겪는 오류를 고쳐줄 인간이 있음에도 여전히 "오류를 유지하고 싶다"(16)고 말하는 고고의 마음은 어떤 것일까. 그러니까 '랑의 심장이 멈췄다'가 아니라 "랑의 엔진이 꺼졌다"(9)는 문장으로 인간의 죽음을 알리는 이 소설은 "인간과 별로 다르지 않"(134)은 비인간을 등장시켜 그 경계를 흩뜨릴 때조차, 비인간'도' 비로소 인간의 특성을 갖게 되었음을 이야기하는 방식을 취하지 않는다. 천선란의 세계에서 인간과 비인간은 모두 고유한 무게를 가진 채 서로를 형성하고 조건짓는, 근본적으로 의존적인 존재들일 뿐이다. 이로써 랑에게서 길어 올린 고고의 '오지랖'은 그 사이를 가로지르는 관계의 징표가 된다.

> "자네가 왜 그렇게 이해할 수 없는 게 많은 줄 아나?"
>
> (…)
>
> "인간도 아는 게 없어서야."(64)

---

20) 주디스 버틀러, 『위태로운 삶』, 윤조원 옮김, 필로소픽, 2018, 50쪽.

"알아낼 방법이 없다는 건 결국 알 수 없다는 말과 같은 거 아니야? 알 수 없는 건 안다는 것과 달라, 그렇게 단정 지어서 말할 수 없는 거야.(…)"(130)

결국 "상실로 인해 우리가 어쩌면 영원히 변하게 된다는 점을 받아들일 때"[21] 이루어지는 것이 애도라면, 사막을 통과하고 있는 고고의 시간에도 '애도'라는 이름을 붙여봐도 좋을까. 오랫동안 사막에 매장되어 있다가 우연히 랑에게 발견되어 다시 전원이 켜진 고고는 옛 메모리를 재생할 수 없는 탓에 자신이 어떤 이유로 만들어졌는지 모른다. 전쟁시대에 제작되었다는 유일한 단서는 인간을 공격하는 살인 기계였을지도 모른다는 가능성으로 다가오며, 고고를 두렵게 한다. 그러나 두 번에 걸쳐 반복되는 "중요한 건 결과보다 행위"(103, 106)라는 알아이아이의 말은 만들어진 목적보다 오히려 삶이 그것과는 무관하게 흘러가고 있다는 사실이 더 중요하다는 함의를 갖는다. 관계는 온전한 주체를 와해시키고, '너'뿐만 아니라 '나'에 대해서도 무지(無知)한 존재로 만든다. 그리하여 고고의 삶은 랑의 죽음으로 인해 알 수 없는 불확실성에 내맡겨진다.

'그림에는 감정이 들어가고 사진에는 의도가 들어가지. 감정은 마음을 움직이게 만들고 의도는 해석하게 만들어. 마음을 움직인

21) 위의 책, 48쪽.

다는 건 변화하는 것이고, 변화한다는 건 불가능을 가능으로 만든다는 것. (…) 그럼 역시 그림이 맞아. 사막은 아무 의도가 없어. 사막을 판단하는 건 사람의 감정이니까.'(19-20)

바람이 불지 않는 사막은 '사진이 아니라 그림'이라던 랑의 말을 떠올려 본다면, 랑의 죽은 몸을 "바람이 불지 않는 사막 같다"(19)고 느끼는 고고의 마음은 자신이 이전과는 완전히 다른 방향으로 변화하게 되리라는 것을 기꺼이 감수하려는 애도의 실천이라 할 만하다. 비록 "헛된 희망"(144)일지라도 끈적하게 달라붙은 "울음덩어리"(112)를 감각하며 다시 랑을 만나러 가는 고고의 선택은 분명 실패의 가능성을 품고 있다. 그러나 상실이 초래하는 변화는 결과를 계획할 수 없고, 애도는 바로 그 '알지 못함'에 기대어 유지되기에, 이 선택은 반대로 "최악의 결말에 도달하지 않"(107)도록 하는 것이기도 하다.

'과거로 가는 땅'에 이르기 직전, 고고는 외계인 살리에게 자신의 오류 원인에 대해 질문한다. 그리고 죽은 랑의 영상이 재생되는 오류가 마침내 살리의 입을 통해 "그리움"(136)이라는 명명을 입고 새롭게 태어나는 순간, 고고의 여정에 얽혀있던 수많은 우연성들은 그 자체로 선택할 수도 피할 수도 없는, '끝없는' 애도의 과정으로 자리한다. 이렇듯 인간의 죽음을 애도하는 비인간 로봇을 등장시킨 천선란은 세계의 무언가가 꼭 인간만의 전유물이 아닐 수도 있음을 말하는 데까지 그 힘을 밀어붙인다.

그렇다면 이제 다시 물어야 한다. "인간이 망친 세상에서 살면서 인간을 믿는다는"(70) 건 얼마나 어려운 일인가. 이는 "여러 의미로 대단하지 않나?"라는 버진의 자조적인 물음처럼 그저 오만에 불과해 보이기도 한다. 다만 천선란은 그것을 가능케 하는 주체가 "굳이 인간일 필요는 없"(135)다고 대답하려는 듯하다. 그리고 물론, 꼭 인간이 '아닐' 필요도 없다. 이로써 천선란식의 다종(多種)적 세계는 바로 그 '인간'의 자리에 랑을, 고고를, 알아이아이를, 살리를 채워 넣으며, 사막으로 뒤덮여버린 땅에서도 어떤 삶이 여전히 자라날 수 있음을 펼쳐 보인다.

당선소감

정 우 주

누군가를 떠나보내는 일에 대해 말하고 싶었습니다. 죽음을 극복하지 않은 채 살아가는 삶에 대해 쓰고 싶었습니다. 너와 나가 연결되어 있으므로 상실은 남은 자를 와해시키고, 그 변화를 기꺼이 겪으려는 애도로 떠난 자를 오래 기억한다는 무(無)선택적 관계 앞에 속절없이 이끌렸습니다.

글을 쓰는 내내 김미현 교수님을 자주 떠올렸습니다. 그리고 선생님의 연구실을 비우기 전, 마지막으로 장서들을 정리하고 나오는 길에 꼭 어디선가 보내주신 선물처럼 당선 전화를 받았습니다. 너를 믿고 더 나대라는 말씀에도 지금껏 한 번도 그럴 용기를 내지 못했었는데, 처음으로 감히 스스로를 조금은 믿어봐도 괜찮겠다는 생각이 듭니다. 선생님, 선생님께 배워서 제가 이렇게 글을 씁니다. 선생님이 가르쳐주신 치열하고 겸손한 태도로 세상과 문학을 마주하겠다고 약속해요. 여전히 너무 많이 보고 싶습니다.

모든 것이 미숙했던 시절, 문학의 목소리를 외롭지만 다정한 것으로 처음 알려주신 강지희 선생님께 감사드립니다. 그 두근거리던 첫인상으로 언젠가 저도 평론을 써보고 싶다는 마음을 가질 수 있었습니다. 항상 더 나은 길로 지도해주시는 이화 국문 교수님들과, 늘 든든한 뿌리가 되어주시는 국교 교수님들께 감사드립니다. 부끄럽게도 정말로 그만두고 도망치고 싶다고 생각했던 순간에 제 글을 눈여겨 읽어주신 심사위원 양윤의 · 차미령 선생님께 깊은 감사 인사를 올립니다.

함께 공부하는 사이 그 이상의 사랑으로 품어주는 대학원 선배들에게 고맙습니다. 언니들한테 빚진 따뜻함을 소중히 갚아나가겠습니다. 동고동락하는 대학원 동료들에게도 고맙습니다. 전부를 나눌 수 있는 야수파 친구들에게 오랜 우정을 보냅니다. 무엇보다 변함없이 지지해주는 엄마 정혜진, 아빠 정민구, 동생 정미래에게 특별한 사랑을 전합니다.

테두리를 더듬을 수조차 없는 미약한 시작점에서, 문학이라는 그림자를 떠나지 않고 들여다보려 애쓰겠습니다. 이 벅찬 마음에 기대어 끝내 무너져버리지 않고 계속 쓰겠습니다.

'상실'에서 '윤리'로…천선란 SF의 '다종적' 얽힘 유려하게 짚어내

좋은 비평이 갖추어야 할 덕목은 사유, 정동, 대화술이라 생각한다. 비평이 동시대의 문제를 사유할 수 있는 개념을 제공할 수 있는가? 시대-작가-텍스트를 순환하는 정동을 되살려낼 수 있는가? 그리고 때로는 작품과, 때로는 작가와, 때로는 독자와 대화적 관계에 들어갈 수 있는가? 이 세 가지 질문을 옆에 두고 16편의 응모작을 읽었다.

"폐기되는 젊음과 인간-물질의 사유법-서이제론"이 주목하는 청년 세대의 정동, "점, 선, 그리고 면으로 그려낸 '1947년 9월 16일의 부산'-김숨의 잃어버린 사람을 중심으로"가 보여준 시공간적 건축술, "공거하는 세계와 유동하는 '우리'-이소연론"이 소개하는 정치적 기호학, "되도록이면 나무 곁에 내려앉자-최진영론"에서 포착한 공유지의 감각, "차라리 세계는 기억-이소호의 캣콜링과 김혜순의 지구가 죽으면 달은 누굴 돌지?를 중심으로"가 제시하는 모계 시론은 충분히 매력적이었다. 다만 소화되지 않은 개념들, 열려 있지 않은 해석들, 텍스트의 결을 거스르는 흐름이 선택을 망설이게 했다.

마지막 자리에서 우리는, 다음 두 편을 놓고 고심을 거듭했다. “양수 속의 여행자들-2023년 한국 시에서 죽음을 복원하는 방식”은 ‘죽음’을 키워드로 2023년 현대시의 지형을 그려보인다. 대상이 된 시편들을 친절하게 요리하면서도 자신의 식탁에 정연하게, 순서대로 올린다. 독자 입장에서는 재료(텍스트)와 조리법(구성)과 플레이팅(문체)을 동시에 음미할 수 있다. 그런데 이 죽음의 성찬을 차려낸 레시피(방법론)는 장점이면서 단점이기도 하다. 개별 시의 특성, 나아가 그 시를 쓴 시인의 개성이 명료하게 드러나지 않는다.

“상실의 자리로부터-천선란론”은 천선란 SF가 품은 다종적(多種的) 가능성을 유려하게 짚어낸다. 글쓴이는 인간과 비인간, 자본주의(의 안과 밖), 재난, 애도 등 핵심 주제들을, ‘상실’에서 (‘너를 살리는 방식으로 내가 사는’) ‘윤리’로의 이행을 통해 설명한다. 최근 이론을 참조하면서도 그 이론의 완력에 휘둘리지 않고, 선행 논의를 존중하면서도 그 논의들과 거리를 유지하는 것도 이 글의 큰 미덕이다. 기후위기의 시대, 천선란 SF를 경유하여, 인간이 만든 폐허 위에서 다종적 존재들의 얽힘을 발견하는 이 비평의 사유에는 숙고할 대목이 있었다. 좋은 동료를 만난 것 같아 반갑다. 당선을 축하드린다.

심사위원 : 양윤의 · 차미령 문학평론가

2024 광남일보 신춘문예 평론

김 상 범

1990년 서울 출생

서울과학고 조기졸업

포항공대 수학과 졸업

연세대학교 대학원 철학과 석사학위 취득

저서 : 『들뢰즈의 이념적인 놀이』, 『현대철학과 코뮤니즘』, 『기호와 현대철학』, 『보드리야르 연구』, 『철학은 주사위 놀이다』 등 단행본 출간

2024년 《광남일보》 신춘문예 평론 부문 당선

ghopot@hanmail.net

'모름'의 형이상학
– 서이제 論

김상범

1. "모른다"라는 이접적 종합과 시간을 믿기

서이제의 소설, 특히 「미신(迷信)」이라는 작품에서 "모른다"라는 말은 매우 많이 반복된다. 서이제는 「벽과 선을 넘는 플로우」라는 다른 작품에서 작중 화자를 통해 「미신(迷信)」에 대해 다음과 같이 말하고 있다.

"나를 그렇게 만든 소설은 서이제의 「미신(迷信)」이었다. 제목부터 불길하더니, 역시나 그랬다. 한 문장 한 문장 꼼꼼하게 읽어보아도 무슨 내용인지 전혀 알 수 없는, 읽어도 안 읽은 것 같고 안 읽어도 읽은 것 같은 느낌을 주는 소설이었는데, 기억에 남는 건 희미한 안개 속에서 계속 중얼거리는 누군가의 목소리뿐이었다. 모른다. 모른다. 모른다. 나조차도 내가 뭘 읽은 건지 알 수가 없었는데, 그도 그럴 것이 그 소설은 온통 모른다는 말로만 가득 채워진[…]"[1)]

여기서 '알지 못한다' 혹은 '모른다'가 단순히 아무 뜻도 없이 반복되는 것이 아님을 알 수 있다. 역설적으로 '모름'이 무엇인지를 '아는 것'이 서이제의 소설을 이해하는 데에 핵심적일 수 있다. 또한 편지를 쓰는 화자에게 붙은 애칭 '시나이'는 "모른다"는 뜻의 일본어 '시라나이知らない'에서 온 것이다. 화자는 과거의 많은 사건들이 실제로 발생했는지 아닌지 모른다. 그래서 이 소설 속의 사건들은 다양한 방식으로 계열화될 수 있으며 이런 의미에서 이 소설을 읽는 독자들은 양립 불가능한 다양한 〈가능 세계〉들을 읽어낼 수 있다.

이런 의미에서 역설적으로 화자의 '모름'으로 인해 우리는 소설에서는 보기 드문 형이상학적 성찰을 할 수 있다. 예를 들어 시나이는 '이 군'이 선생님을 죽였는지 아닌지 모른다. 따라서 '선생님을 죽임'과 '선생님을 죽이지 않음'이라는 양립 불가능한 사건들이 소통하고 있다.

들뢰즈에 의하면 라이프니츠는 개념들의 모순을 사건들 사이의 양립 불가능성에 기초 지웠다. 이것은 개념들에 대한 모순율을 제1 원칙으로 삼은 아리스토텔레스 이래의 전통 논리학에 대한 최초의 혁신이다. 예를 들어 나비의 한 종(種)은 회색인 경우에는 약하고

---

1) 서이제, 「벽과 선을 넘는 플로우」, 『낮은 해상도로부터』, 파주 : 문학동네, 2023, 121쪽.

강한 경우에는 검은데, '회색임'과 '강함'의 개념들을 그 자체로 분석한다고 해서 우리는 이 둘 사이의 모순이 있다고 말하기는 어렵다. 오히려 어떤 물리적 메커니즘 속에서 '회색임'과 '강함' 사이의 양립 불가능성이 성립하기 때문에 '회색임'과 '강함' 사이의 개념적 모순이 발생하는 것이다. 더 나아가 이것은 '회색이 되다'라는 사건과 '강해지다'라는 사건들의 양립 불가능성으로부터 '회색임'과 '강함'이라는 술어들의 양립 불가능성이 발생하므로, 개념들 사이의 모순은 사건들 사이의 양립 불가능성에서 발생한다고 볼 수 있다. 뿐만 아니라 들뢰즈는 다음과 같이 쓰고 있다.

> "우리가 순수 사건들을 문제 삼는다면, 우리는 회색이 되다가 검어지다보다 덜 긍정적인 것이 아니라는 것을 볼 수 있다. '회색이 되다'는 안전성의 증가[…]를 표현하며, 그만큼 '검어지다'는 강함의 증가를 표현한다."[2)]

이런 의미에서 들뢰즈는 라이프니츠가 '사건'에 대한 최초의 이론가라고 말한다. 라이프니츠의 논리학은 전통적인 논리학이 아닌 '사건'의 논리학인 것이다. 이와 같은 라이프니츠의 파격에도 불구하고 들뢰즈는 라이프니츠의 '양립 불가능성'이 사건들 사이의 배타적/배제적 관계를 상정한다고 비판한다. 오히려 들뢰즈는 이러

2) 질 들뢰즈, 『의미의 논리』, 이정우 역, 서울: 한길사, 1999, 291쪽.

한 부정과 배제가 아닌, 차이를 긍정하는 포괄적인 '이접적 종합'에 의한 사건들 사이의 소통이 가능하다고 말한다. 이접적 종합이란 이질적인 A와 B를 "A or B"라는 말로 묶는 것을 의미한다. 이러한 이접적 종합 중에서 차이를 긍정하는, 포괄적인 이접적 종합을 설명하기 위한 구체적인 사례로서 양자역학에 있어서 "슈뢰딩거의 고양이"를 들 수 있다. 상자 안에 고양이를 두고 그 상자 안에서 죽을 확률이 $\frac{1}{2}$인 환경을 만든다면, 고양이의 상태는 산 것도 아니고 죽은 것도 아닌 상태라는 것이다. 고양이의 상태는 '삶'과 '죽음'이 '이접적 종합'을 통해서 소통하는 상태인 것이다.

들뢰즈는 '포괄적인 이접적 종합'에 의한 '사건들의 소통'에서 부정과 배제는 존재하지 않는다고 말한다. 이런 의미에서 들뢰즈는 다음과 같이 쓴다.

> "일련의 술어들이 한 사물로부터 그 개념적 동일성에 따라 배제되는 대신, 각각의 '사물'은 그것이 통과하는 무한한 술어들에로 스스로를 개방하며,[…] 술어들의 배제는 사건들 사이의 소통으로 대체된다."[3)]

다시 「미신」이라는 작품으로 돌아오면 여기서 '모른다'라는 말은 양립 불가능해 보이는 사건들의 〈포괄적인 이접적 종합〉을 의미한

---

3) 『의미의 논리』, 296쪽.

다. 그리고 이러한 포괄적인 이접적 종합 속에서의 사건들 사이의 소통은 들뢰즈의 말대로 유한한 개념적 동일성을 뒤흔드는 '무한한 술어들에로의 개방'을 이끌어낸다.「미신」이라는 작품은 이러한 이접적 종합을 끝까지 밀고 나간다. 이러한 밀고 나감은 어느 정도의 〈광기〉를 필요로 한다. 서이제는 실제로 다음과 같이 쓰고 있다.

> "어쩌면 내가 기억하는 선생님은 없을지도 모른다. 선생님은 애초에 없었으므로, 선생님이 죽었다는 사실조차 실제로는 벌어지지 않았던 일일지도 모른다. 벌어진 적도 없었던 이 수많은 일을 떠올릴 수 있었던 건, 내가 제대로 미쳤거나 완전히 돌아버렸기 때문일지도 모른다."[4]

이러한 '모른다'를 끝까지 진행시킬 때, 우리는 거의 모든 믿음을 파괴하며, 그렇기 때문에 삶에 대한 믿음조차 파괴된다. 서이제는 다음과 같이 쓴다.

> "이미 죽은 삶을 살아가는 기분이 들어요. 별다른 이유 없이도 괴로워하는 제 자신이 미워서 견딜 수가 없습니다. 시간이 지나면, 저는 괜찮아질 수 있을까요? 정말로 저는 살아 있나요?"[5]

---

4) 서이제,「미신(迷信)」,『0%를 향하여』, 서울 : 문학과 지성사, 2021, 28쪽-29쪽.
5)「미신(迷信)」,『0%를 향하여』, 32쪽.

삶과 죽음이 슈뢰딩거의 고양이에서처럼 소통하는 것이고, 이러한 '죽은 삶'이란 데리다가 말한 '유령'으로서의 삶을 의미한다. 양자역학은 오늘날 모든 사물이 그 심층에서는 이와 같은 '유령성'을 띤다고 말하고 있다. 흥미롭게도 서이제는 여기서 "시간이 지나면…"이라는 말을 쓰고 있는데, 데리다의 '유령론'에서 중요한 테제 중 하나는 "시간의 이음매가 빠져 있다 The time is out of joint"이다. 시간의 이음매가 빠져 있다는 것은 직선적이고 선형적인, 목적론적인 시간관이 불가능할 뿐만 아니라 '순수한 현재'는 불가능하고 언제나 '타자'로서의 '미래', 즉 현존의 질서를 붕괴시키는 '미래'가 현재 속에 우글대고 있다는 것을 의미한다. 다른 말로 하면 시간의 종합이 차이를 동일자로 환원시키는 것이 아닌 차이를 긍정하는 〈포괄적인 이접적인 종합〉이라는 것이다.

이렇게 역설적으로 '모른다'를 끝까지 진행시키면 시간의 근원적인 이접적 종합에 도달하게 되며 모든 것은 바로 이러한 시간의 근원적인 종합의 파생물에 불과하다. 화자의 말대로 "시간이 지나면" 구원을 얻을 수 있을지 우리는 알지 못한다. 그러나 시간만이 진정한 의미의 '타자'를 도래시킬 수 있다. 따라서 우리는 시간에 대한 믿음에 도달하게 된다. 말하자면 시간은 직선적이지 않고 목적론적이지 않기에 나의 뜻대로 되지 않지만, 반대로 목적론적이지 않기에, '타자'의 도래에 의해 구원을 얻을 수 있다. 서이제는 다음과 같이 쓰고 있다.

"저는 인생은 지나쳐가는 것이고 삶은 지속되는 것이라는 선생님 말씀을 이해했다고 착각하기도 하지만, 이제는 그것도 착각이 아니라고 믿어야겠지요. 이제는 모든 일이 저를 지나쳐가고 제 삶이 지속되었으면 합니다."[6)]

이러한 시간에 대한 믿음은 미신에 불과할지라도 인간은 이러한 믿음을 포기할 수 없다. 이것이 거의 모든 믿음을 '모른다'를 통해서 파괴한 후 얻게 되는 믿음이다. 실제로 서이제는 다음과 같이 쓰고 있다.

"해는 떠오르고 있었다. 물속을 빠져나오듯, 수평선 위로 해가 떠오르고 있었다.[…] 오늘이 새해라고 믿는 사람들 모두가 해를 바라보았다. 나는 해를 보고 있었다."[7)]

해가 떠오른 사건은 물리적 관점에서 보면 김빠진 동일성과 유사성의 반복이지만 〈의미〉의 차원에서 보자면 두 개의 연도, 과거와 미래가 갈라지는, 그리고 이러한 갈라짐을 사회 전체에 기입하는 의미심장한 사건인 것이다. 이런 의미에서 시간을 믿는 것은 어떠한 〈의미〉를 생산한다.

---

6) 「미신(迷信)」, 『0%를 향하여』, 32쪽.
7) 「미신(迷信)」, 『0%를 향하여』, 35쪽.

2. '어쩌면'과 '바보'

이렇게 시간을 믿는다는 것은 현존하는 질서 속에서는 '불가능한' 것의 도래를 믿는다는 것이다. (현존하는 질서 속에서 가능한 것의 도래는 신앙이라기보다는 '기대'의 대상에 가깝다.) 이것이 서이제의「0%를 향하여」라는 소설이 의미하는 바이다. 이 소설에서 지속적으로 독립영화를 찍는다는 것은 '불가능'에 가깝다는 것이 드러난다. 왜냐하면 첫 번째 작품에서 성공한 독립영화감독은 상업영화감독으로 전향하기 마련이며, 첫 번째 작품에서 실패한 독립영화감독은 영화계에서 퇴출되기 때문이다.

그럼에도 불구하고 끝까지 독립영화의 작가가 되기 위해 고군분투하는, '불가능'에 도전하는 사람들을 서이제는 제시하고 있다. 이 사람들은 고병권이 해석한 전태일과 같은 사람들이다. 고병권은 "세상의 율법을 너무 잘 아는" '현자'로서의 선배 재단사들은 전태일의 시도가 실패하리라는 것을 너무 잘 알았다. 그러나 전태일은 '불가능'에 '어쩌면'으로 도전했으며 이것은 미래에 대한 "모름"에 의해 추동되는 것이었다. 말하자면 전태일의 위대함은 그 바보같음에 있던 것이다. 고병권은 다음과 같이 쓰고 있다.

> "나는 예컨대 전태일 같은 이가 이런 사람이 아닐까 생각한다.[…]전태일이 모임을 만들었을 때 선배 재단사들은 그를 바보라고 불렀다. 선배들은 세상의 율법을 너무나 잘 아는 현자들이었

다. 노동조합 결성은 성공하지 못할 것이고[…] 회사와 관청은 모두 한통속이라는 것 등등을 너무 잘 알고 있었다. […] 전태일은 살아 있는 바보였다. 그때 그는 마음 속에 떠올리지 않았을까. 선배 재단사들이 옳을지도 모른다. 하지만 어쩌면 그렇지 않을지도 모른다. '어쩌면'…"[8)]

이런 의미에서 '어쩌면'은 불가능을 가능으로 변형시키는 "가능화의 단어"[9)]라고 고병권은 말한다. 또한 이 '어쩌면'을 통해 불가능을 돌파하는 자들은 율법에 얽매인 '현자'와는 달리 진정으로 자유로운 '바보'들이다.

서이제가 이 소설 속에서 등장시키는 영화인들이야말로 '어쩌면'을 통해 불가능을 가능으로 변형시키는 '바보'들인 것이다. 이 바보들은 '미래'에 대해 '모른다'는 태도를 취한다. 반면 '현자'들은 다음과 같이 미래를 확정적인 것으로 고정시킨다.

"정치권력으로부터의 독립을, 자본으로부터의 독립을 주장하고 싶지만, 내가 생각해도 독립영화는 안 될 것 같았다. 거의 모든 부분에서 독립영화는 가망이 없어 보였다.[…] 자본 논리로 돌아가는 게 당연한 거야. 흐름이 그래. 맞아. 독립영화인들도 독립영화는

8) 『다이너마이트 니체』, 84쪽-85쪽.
9) 『다이너마이트 니체』, 86쪽.

안된다고 하잖아. 미래가 없다고 하잖아. 미래를 본 적도 없으면서, 미래가 없다고 했다. 미래를 본 적이 없어서, 미래가 없다고 했다."[10]

반면 바보들의 '모름'에 기초한 '어쩌면'에 의해 기존의 율법들은 근원적인 문제제기에 직면한다. 서이제는 '석우'라는 등장인물의 입을 통해 "독립영화판에 답이 있었던 적"[11] 이 없었다고 말하고 있는데, 어찌보면 독립영화 혹은 진정한 예술은 자본의 율법에 기초한 '답'을 의문시하며 자본의 율법에 근원적인 문제제기를 하는 것이기에 이러한 석우의 말은 반은 맞고 반은 틀렸다고 말할 수 있다. 서이제는 다음과 같이 쓰고 있다.

"석우가 틀린 말을 한 건 아니었다. 그런데 맞는 말을 한 것도 아닌 것 같았다."[12]

서이제는 데뷔작인 「셀룰로이드 필름을 위한 선」에서 아예 권력과 자본의 지배 아래에서 독립영화를 꿈꾸는 사람이 자조적으로 자신을 '바보 멍청이'라고 부르는 신(scene)을 등장시킨다.

---

10) 서이제, 「0%를 향하여」, 『0%를 향하여』, 서울 : 문학과 지성사, 2021, 348쪽.
11) 「0%를 향하여」, 『0%를 향하여』, 305쪽.
12) 「0%를 향하여」, 『0%를 향하여』, 306쪽.

"나는 [⋯] 바보 멍청이로 살 수밖에 없었고, 그렇게 사는 바보 멍청이이기 때문에 또다시 영화를 찍고 싶었고[⋯]"[13)]

이 사람은 수준 낮은 영화가 '국뽕'을 동원하여 흥행하는 것을 보고 이를 정당화하려는 노력에서 자살 충동을 느낄 정도로 영화에 진심이다. 그의 영화에 대한 진심은 셀룰로이드 필름의 시대에서 디지털 영화의 시대로 이행하면서 아무나 영화를 찍게 됨으로써 영화의 평균적인 수준이 떨어진 상황에 대해 다음과 같이 한탄하는 것에서도 느껴진다.

"디지털 시내의 도래는 불에 타 없어질 위기로부터 영화를 구원해주었지만, 세상을 더욱더 구린내가 나도록 만들었다. 사람들은 디지털카메라를 이용해 더 많은 똥을 쌌는데[⋯]찍는 양이 늘어서 영화생산량이 함께 증가한 것뿐, 더 많은 영화가 탄생하게 된 것은 아니었다."[14)]

예술이 대체 무엇이기에 사람을 이렇게 '바보'로 만드는 걸까? 물론 이들은 현실을 구성하고 있는 율법의 힘을 온몸으로 느끼고 있다. 그렇지만 이 작품에 등장하는 많은 인물들은 이러한 현실

---

13) 서이제, 「셀룰로이드 필름을 위한 선」, 『0%를 향하여』, 서울: 문학과 지성사, 2021, 119쪽

14) 「셀룰로이드 필름을 위한 선」, 『0%를 향하여』, 71쪽-72쪽

의 힘에 때로는 복종하고 타협하지만, '영화를 향한 열망'은 꺼지지 않고 '바보같이' 어느새 영화를 만들고 있는 자신을 발견한다. 이 소설에서 유미 선배는 끊임없이 자신이 만든 영화의 필름이나 DVD를 불태우지만, 끊임없이 다시 창작에 대한 열정을 못 이겨서 영화를 만들게 된다. 그런데 이러한 자본주의적 현실에 대한 '소소한 저항'은 총체적인 혁명이 아니므로 의미가 없는 것일까? 오히려 총체적이고 중심이 존재하는 혁명이 아닌 '다양한 저항들의 탈중심화된 느슨한 연합'이 필요할 수도 있다. 푸코는『성의 역사1: 지식의 의지』에서 오히려 다음과 같이 쓴다.

> "권력에 대한 커다란 거부의 '한' 장소, 가령 반항의 정신, 모든 반란의 중심, 순수한 혁명가의 권위는 없다. 반면에 일반 법칙이 적용되지 않는 특별한 경우인 "여러" 저항, 예컨대 가능한 저항, 필요한 저항, 있음직하지 않은 저항, 자발적 저항, 우발적 저항, 외로운 저항, 합의된 저항, 은밀히 퍼지는 저항, 격렬한 저항, 화해가 불가능한 저항, 재빨리 타협하는 저항, 이해관계 때문에 일어나는 저항, 또는 희생적 저항 등이 있는데[…]"[15]

물론 탈목적론적인 시간 속에서 자본주의를 넘어서려는 예술가들의 노력이 탈중심화된 연합을 이룬다고 해서 자본주의를 극복

15) 미셸 푸코,『성의 역사1 : 지식의 의지』. 이규현 옮김, 파주 : 나남, 2010, 105쪽

할 수 있을지는 모르는 일이다. 그러나 우리는 '바보같이' 불가능해 보이는 것을 '어쩌면'이라는 단어를 통해 꿈꿀 수 있다.

3. 모른다는 것을 아는 것

인간은 많은 경우에 자신이 모른다는 것을 모른다. 이것을 서이제는 「출처 없음, 출처 없음」이라는 소설에서 잘 보여준다. 이 소설은 과학기술과 미디어가 발전한 오늘날 인간은 알고리즘에 의해 제공되는 '정보'의 홍수 속에서 이러한 정보의 출처를 알려고 하지 않으며 또한 정보가 신빙성이 있는지 따지려고 하지 않는다. 그리고 이 정보를 믿어버린다. 이것이 「출처 없음, 출처 없음」이라는 제목이 의미하고자 하는 것이다.

이 소설에서 아역 배우였던 신이정은 외모가 '역변'하게 됨으로써 한국의 연예계 생활을 중단하고 캐나다로 유학을 가려다가 실패한다. 그런데 중단 선언 전에 영화 촬영장에서 연기를 위해 담배를 입에 물고 몽환적인 표정을 지었으나 이것이 사진에 찍혀 인터넷을 돌아다니면서 그녀의 이미지는 씻을 수 없는 타격을 받게 된다. 그녀는 미성년자임에도 불구하고 마약을 핀 사람이 되어 버렸던 것이다. 대중들은 다음과 같이 말한다.

> "저 새끼 100% 약 했다. 미성년자가 돌았네. 캐나다 유학 가서 약쟁이 됐구나. 신이정은 약 배우러 간 거야? 캐나다 마약 합법이

잖아. 대마초 말하는 거다. 사실 대마초보다 담배가 더 중독성 강함. 신이정 좋아했는데. 신이정 왜 저 지경이 됨? 정신차려라 진짜."[16)]

말하자면 대중들은 사정을 제대로 알지 못함에도 자신들이 잘 안다고 생각한다. 그리고 신뢰할만한 출처가 있는지 확인하지도 않으면서 시뮬라크르를 확대 재생산한다. 이것은 「로맨틱 아일랜드」라는 게임에 관한 네트워크 상의 소문도 아무런 증거나 출처 없이 확대재생산되는 것에서도 잘 드러난다. 대중들은 다음과 같이 말한다.

"열매 화석을 발견한 유저에게는 상금이 지급된다는 소문이 돌기 시작했다. 달러로 받는 거야? 상금 얼마임? 게임회사니까 돈 엄청 많겠지? 와, 부럽다."[17)]

그러나 애초부터 열매 화석을 통해 얻을 수 있는 것은 돈이 아니다. 회사는 빅데이터 분석을 통해 유저가 원하는 것을 파악하고, 가상공간에서 유저가 열매 화석을 땅에 심을 때 유저가 원하는 것이 '가상적으로' 생기게 만들었던 것이다.

---

16) 서이제, 「출처 없음, 출처 없음」, 『낮은 해상도로부터』, 파주 : 문학동네, 76쪽.
17) 「출처 없음, 출처 없음」, 92쪽.

대중들이 자기가 얻은 정보가 신뢰할만한 것인지를 분별했다면, 그래서 신뢰할 수 없는 출처에서 만들어진 자신이 잘 모르는 대상에 대한 자극적인 정보를 믿지 않고, 자신이 대상에 대해 잘 모른다는 것을 알았다면, 이런 코미디와 같은 상황은 발생하지 않았을 것이다. 이것은 어느 정도는 자신이 잘 모르는 대상을 억지로 관념적 편견을 통해 파악하려고 하지말고 잘 모르는 대로 내버려 두는 윤리가 필요함을 의미한다.

우리는 앞의 논의에서 '모름'이라는 테마가 서이제의 소설들을 가로지르고 있음을 보았다. 또한 이러한 '모름'의 궁극에 도달함을 통해 역설적으로 믿음에 도달함을 보았다. 그리고 미래에 대한 '모름'과 '어쩌면'이라는 단어를 통해 불가능을 가능으로 변환시킬 수 있음을 보았다. 이제 '모름'에 대한 '앎'의 필요성을 제시하며 이 평론을 끝맺으려고 한다.

이러한 '모름'에 대한 '앎'이 필요한 것은 인간의 인식능력이 유한하기 때문만은 아니고, 5차 이상의 방정식의 일반적 해법이 존재하지 않음에서 보듯이, 현대 사상으로 올수록 "우리가 알지 못하는 것의 객관성"[18]을 강조하기 때문이다. 말하자면 이러한 무지는 단순한 부정적, 주관적 사태가 아니며 "대상 안의 어떤 근본적인 차원과 이어지는 어떤 규칙"[19]을 알게 되는 것을 의미한다. 실

---

18) 질 들뢰즈, 『차이와 반복』, 김상환 옮김, 서울 : 민음사, 2004, 394쪽.
19) 『차이와 반복』, 394쪽.

제로 갈루아는 5차 이상의 방정식의 일반적 해법이 존재하지 않음을 보이는 과정을 통해 현대 대수학의 여러 대상들을 창조했을 뿐만 아니라 이 "대상 안의 어떤 근본적인 차원과 이어지는 어떤 규칙"을 발견했다. 이런 의미에서 서이제는 "알지 못하는 것의 객관성"을 정립하고 이를 통해 형이상학적 차원에서 대상을 고찰하는 특이한 소설들을 시도했다고 볼 수 있다.

당선소감

김 상 범

아직도 실감이 나지 않는다. 당선되었다는 전화를 받은 순간부터 당선 소감을 작성하는 지금, 이 순간에도 어안이 벙벙하다. 이러한 기쁨은 말로 형언하기 어려운 것이다. 따라서 이 기쁨을 설명하기보다는 조금 결이 다른 이야기를 하고 싶다.

나는 어떤 비평가가 되고 싶은가? 작품을 사람들의 안온한 의식의 지층을 뒤흔드는 '지진'으로서 하나의 '사건'이라고 본다면, 나는 평론이 이와 같은 '지진파'를 이성의 언어로 번역하는 '지진계'가 되어야 한다고 생각한다. 지진계를 통해 지진파의 속도와 성격, 지진의 규모 등을 알 수 있듯이, '사건'으로서의 작품이 어떤 전대미문의 의미와 가치를 가지고 있는지를 일반 독자에게 명료하게 전달하는 것이 비평가의 책무라고 생각한다. 나는 좀 더 민감하고 정확한 지진계와 같은 비평가가 되도록 노력하겠다. 이와 같은 민감한 지진계가 되기 위해서는 인식의 유연성과 정확성이 요구되며, 이러한 인식의 유연성과 정확성을 갖는 것은 끊임없이 의식의 관성을 깨뜨리고 정신의 말랑말랑함을 유지해야 가능하다.

그동안 많은 방황과 모색이 있었다. 과학고와 대학 수학과를 나와 철학과 대학원을 졸업하고 신춘문예에 응모하는 다양한 경험을 쌓아왔다. 이러한 다양한 영역의 횡단을 통해 나는 나의 딱딱한 앎의 체계가 무너지는 순간을 많이 겪었다. 그러나 나는 나의 이러한 지적 방황이 의미 없었다고 생각하지 않는다. 오히려 이러한 자기 자신이 알고 있는 것에 대한 끊임없는 회의가 내가 문학비평을 하는 데에 밑거름이 될 것이라고 생각하며 더 나아가 '정신의 말랑말랑함'을 유지하는 데에 도움이 될 것이라고 믿고, 결국에는 편협한 사고를 벗어날 수 있게 할 것이라고 생각한다. 이런 나의 포부는 지나치게 거창하지만, 신인의 치기 어린 패기로 보아주시면 감사하겠다.

정말 꿈에도 생각하지 못한 당선이었다. 여러 가지로 부족한 원고를 '가능성'을 보고 뽑아주신 심사위원 분들께 감사의 인사를 전한다. 더 열심히 하라는 의미로 받아들이겠다. 의식이 딱딱하게 굳지 않도록 더 많은 작품을 정확하게 읽고 더 많이 지적으로 방황하는 비평가가 되어야겠다.

설득력 있게 규명…
열거한 장점 두드러져

비평은 논문과 다르다. 단지 형식적 요건을 갖춰야 한다거나 논의 대상이 어떠해야 한다는 의미가 아니다. 일반적으로 비평은 '지금 여기'의 '우리가 살고 있는 현실들'과 긴밀하게 그리고 역동적으로 관련되는 글쓰기라고 할 수 있다. 그 개별적 실천이나 문제의식 내지는 그것을 둘러싼 역시, 사회, 정치, 문화 등의 다양한 맥락(context) 및 담론과 절합(articulation)되는 과정에서 필연적으로 그렇게 될 수밖에 없다. 논문은 기본적으로 역사적 방법론을 취하며 과거의 대상을 다루기 때문에 그것의 현재적 의미에 굳이 주목하지 않아도 된다. 특정한 방법론에 입각하여 텍스트를 재단하기에 급급하거나 구태의연한 견해와 주장을 답습하는 경우에는 비평으로서는 물론이거니와 논문으로서도 좋은 평가를 받기 어렵다. 과거의 주제와 방식에 머물러 있는 논문적 형식의 글쓰기가 다수 투고되어 아쉬운 감이 없지 않았다.

양적으로나 질적으로 영화 비평이 우세했다. 허필은의 '욕망의 나에서 공감의 너와 나'로는 '너와 나'에 관한 다정하고 섬세한 분석이 인상적이었으되 공감과 소통의 중요성을 강조하는 다소 상식적인 논의로의 귀결이 아쉬웠다. 허병민의 '동상이몽의 논리 안에서 꿈으로의 탈주-오아시스론'은 '오아시스'에 관한 파격적인 해석이 돋보였으나 그것이 정작 무엇을 위해 제기된 것인지가 다소 불분명했다. 김윤희의 '그녀는 도대체 왜-영화 잠 돌아보기'는 간결하고 안정된 문체와 영화에 관한 정교한 분석, 비평이론의 적절한 활용 등에 있어서 장점이 두드러졌다. 다만 '잠'에 관한 기존의 일반적인 논의로부터 얼마나 거리를 두고 새로운 관점을 제기하고 있는지가 의문시되어 마지막까지 고민하다가 손에서 내려놓게 되었다. 이어진의 소설 비평 '잊고, 쓰고, 기억하고, 해피엔드-임솔아, 초파리 돌보기를 중심으로' 역시 탁월한 문체와 오늘날 여성의 현실에 관한 문제의식, 텍스트에 관한 세심한 분석이 돋보인 완성도 높은 비평이었다.

하지만 임솔아의 소설을 '여성적 글쓰기'로 규정하는 논리의 근거와 구조가 기존의 페미니즘 비평의 일반적인 담론을 답습하는 감이 없지 않았다. 이상 거론한 투고작들은 나름의 장점이 뚜렷하고 비평으로서의 완성도가 우수했다. 와신상담하여 약점으로 지목된 부분을 보완하기만 한다면 여타 비평 관련 지면이나 현장에서 만날 수 있는 가능성이 다분한 글이었다는 점을 밝혀두고 싶다.

김상범의 '모름의 형이상학-서이제론'은 발군이었다. 들뢰즈를 중심으로 한 서양 철학 · 비평이론에 관한 해박한 지식을 바탕으로 서이제 소설의 중요한 특징과 가능성을 설득력 있게 규명해 내고 있었다. 문제의식 및 논의를 위해 필요한 개념을 설정하고 밀어붙이는 강단과 그것을 뒷받침하는 간명한 문체 역시 돋보였다. 이론적 논의가 우세한 데 비해 텍스트에 대한 검토와 분석이 다소 부족하고 기존 서이제 소설 관련 논의로부터 얼마나 벗어나 있는가에 관한 의문이 들긴 했으나 이러한 아쉬움을 압도적으로 상쇄할 정도로 앞서 열거한 장점과 가능성이 두드러지는 비평이었다. 당선을 축하한다. 아울러 아쉽게 기회를 얻지 못한 여러 투고자께 위로와 격려의 마음을 전한다.

심사위원 : 조형래(문학평론가 · 광주대 교수)

2024 동아일보 신춘문예 영화평론

민경민

1989년 대구 출생
부경대학교 국어국문학과 졸업
2024《동아일보》신춘문예 영화평론 부문 당선
Pistol4747@naver.com

소리가 인간을 파괴했을까

민 경 민

소리가 인간을 파괴했을까 : 영화 〈바빌론〉의 관점에서

시작부터 코끼리의 배설물을 쏟아내는 영화 〈바빌론〉(2023)은 그 충격적인 오프닝 시퀀스의 난잡한 난교파티와 영화 중반부 '교양 떠는' 사업가들의 연회 사이의 간극만큼, 코끼리의 항문과는 전혀 어울리지 않는 시드니 팔머의 트럼펫을 자주 비춰준다. 영화에 등장하는 트럼펫의 깊고 어두운 금관이 인간의 이성을 창조하는 굴이라면, 코끼리의 항문은 근원적인 욕망을 나타낸다. 욕망과 이성이 밀고 당기기를 하는 북새통 중에 쉴 새 없이 두드려대는 타악기와 관악기의 행진곡이 어울리지 않는 두 이미지를 바느질하며 통일성을 부여하듯, 데이미언 셔젤 감독이 특히 주목하는 부분도 바로 '소리'의 존재다.

익히 잘 알려져 있듯이 〈바빌론〉은 할리우드의 역사를 담고 있는 메타 무비다. 뤼미에르 형제가 시네마토그래프를 처음 극장에 놓은 지 고작 30년이 지난 1920년대 즈음, 본격적인 무성영화 시대가 시작되면서 영화는 하나의 실험을 벗어나 산업으로 그 가능성이 확장될 수 있음이 발견된다. 이제 걸음마를 뗀 영화 산업은 주먹구구식으로 진행되는 게 일상다반사라, 극 중에서 묘사된 것처럼 처음 할리우드에 발을 디딘 영화인들은 그야말로 야생의 산업현장에 뛰어들어야만 했다. 걸핏하면 망가지는 필름 카메라와 조명이라곤 조악한 아크 등과 한낮의 태양뿐인 상황에서, 전문적인 분업이 돼 있지도 않다. 닥치는 대로 멱살 잡아 움켜쥐면 그놈이 곧 책임자가 되는 시스템은 무주공산이나 다름없는 영화 시장의 무한한 가능성을 선점하려고 햄버거를 찍어내듯 미친 듯이 쇼트를 생산해내기 일쑤였다. 이런 난장판 속에서 필름에 소리를 입힐 기술도 없었기 때문에 당시 영화 촬영에서 중요한 건 당연히 배우의 연기뿐이었다. 말로 설명하지 않기에 연극처럼 과장된 연기를 하면서도 말로 설명할 수 없는 얼굴의 미묘한 미세표정을 표현해내야만 영화가 가능하던 시절이었다. 달리 말하면, 그 시절 할리우드는 인간을 소모품처럼 쓰면서도 인간 그 자체가 가장 중요했다. 그러나 곧이어 닥쳐온 유성영화의 시기에서 넬리와 잭을 조금씩 영화계의 변두리로 밀어낸 '소리'의 탄생은 영화를 점점 더 이성의 영역으로 몰아가면서 그 안에서 일하던 인간적인 그 모든 것들을 도태시키기 시작한다.

영화 〈바빌론〉에서 소리는 온갖 쾌락을 좇는 인물들 못지않게 중요한 요소로, 우선 시드니 팔머의 트럼펫이 상징하는 '음악'들은 처음에는 영화판 파티에서 흥이나 돋우는 정도로 쓰였지만, 유성영화 시대가 도래함에 따라 그 자신이 주인공이 되는 지경에 이른다. 조악한 음향 기술 덕분에 잡음 하나 내지 않으려고 애쓰는 넬리의 스튜디오 촬영 신은 소리에 지배당한 배우들이 제 역량을 제한받는 모습을, 종래엔 방음 스튜디오의 열기를 이기지 못한 채 질식사한 촬영 감독의 모습을 통해 '소리가 인간을 파괴'하는 모습을 연출해 낸다. 엉망진창이었던 촬영장이 점차 질서가 잡힌 스튜디오로 옮겨가듯이, 소리 역시 질서를 가진 순간 교양이 되고, 소리의 또 다른 형태인 '말'에도 규칙이 부여되면 예의나 규범 같은 일종의 틀이 된다. 얼굴로 모든 걸 말하던 구시대의 넬리는 소리가 중요해진 세상에서 점점 자리를 잃으며 훗날 메니의 배려로 '교양 넘치는' 사교모임에 나가 발음을 교정받거나 예의 바른 척을 강요받지만, 재밌지도 않은데 예의상 하는 농담, 상대를 무시하기 위한 교양, 점잖은 척 엉덩이에 손을 뻗는 신사 같은 꼴사나운 꼴을 보고선 마침내 구역질을 참지 못하고 온 바닥에 구토를 쏟는다.

욕망의 세계에서 태어난 한 배우가 이성의 세계 속에서 몰락하는 과정은, 특히 잭 콘래드를 통해서 더 생생하게 관객들에게 전달된다. 영화를 찍으려면 목숨을 걸어야 했던 광기 어린 촬영장에서 가짜 소품이 즐비한 스튜디오로 옮겨가 단체로 우스꽝스러운 비옷을 입고 엉덩이를 씰룩대야 하는 영화를 찍거나 혹은 남들이 다 거절한 삼류 영화에 억지로 캐스팅되는 상황에서, 그에게 결정타를 날린 건 그의 스타일대로 '사랑해'라는 대사를 남발하며 마무리 지은 영화를 보고 관객들이 웃는 장면이었다. 사랑을 사랑이라 부르지 못하고 모든 것을 한 걸음 뒤로 물러서며 말해야 하는 '소리의 시대'에서 그의 본능적이고 직설적인 화법과 연기는 더이상 관객들에게 감흥을 주지 못하고 심지어 경멸의 대상까지 되어버린 것이다. 그런데, 과연 그것이 인간에게 옳은 세계인가. 아무렇지도 않게 욕망을 탐닉하던 시대가 절멸하고 남은 것은 뭘까. 할리우드에는 이제 서로의 수상한 의중을 몇 번이나 돌려보면서 간신히 파악하는 위선의 세계와 음욕과 뒤틀린 욕망이 똬리를 튼 제임스 맥케이의 하수구가 LA 변두리에서 아가리를 벌리고 있을 뿐.

데이미언 셔젤 감독의 〈바빌론〉을 보면서 우리는 소리가 인간을 파괴하는 모습과 그 과정을 들여다보게 되지만 실은 소리의 인간 파괴는 〈바빌론〉에만 국한돼 나타나는 것이 아니다. 우리의 생각보다 소리는 더욱 다양한 방법으로 인간을 파괴하고 있으며, 그 영화적 표현은 단순한 스피커의 울림을 넘어선, 복잡한 메커니즘마저 가지고 있다.

소리가 인간을 파괴하는 방법 1 : 영화적 장치에 의해서

본격적으로 '인간을 파괴하는 소리'를 추적하기 전에, 우리는 영화 속에서의 몇 가지 사례를 살펴볼 필요가 있겠다. 먼저 영화의 음악과 음향은 내재(內在)와 외재(外在)라는 개념을 갖고 있다는 것을 알아야 한다. 영화의 인물들이나 극 중 사물에 의해 발생되는 소리가 극 안에서도 공유되어 내러티브의 일환이 되고 관객도 청취하게 된다면 그것은 내재 음악으로서 다이제틱(Diegetic) 음악이라고 한다. 반면에, 영화의 OST나 효과음같이 관객들에게는 들리지만 극 중 인물들이나 극의 공간 속에서는 재생되지 않는 가상의 음악은 외재 음악으로서 논-다이제틱(Non-diegetic) 음악이 된다. 영화가 다양한 장소의 편집적 작용으로 몽타주를 이루듯이 음악들은 내재와 외재의 층위를 오가면서 편집되며, 영화 몽타주가 행하지 못하는 숏과 숏을 이어주는 접착제 역할을 하기도 한다. 그런데 영화에서의 소리는 관객과 인물들에게 차별적으로 부여되는 그 속성으로 인해 더러 서스펜스의 성질을 띤다.

가령 스티븐 스필버그 감독의 〈죠스〉(1975)를 생각해보자. 튜바의 굵직한 소리가 반복되는 존 윌리암스의 메인 타이틀 곡이 배경에 깔리는데도 스크린의 인물들은 섬찟한 삼각형의 상어 지느러미를 등지고 평화롭게 수영을 하거나 카약을 탄다. 이때 배경음은 명백히 관객들에게만 들릴 뿐이고 내러티브에 전혀 개입하지 않는다. 그러나 극 중 인물들과 관객에게 주어진 정보의 차이처럼 배경음 또한 극 중 인물과 관객에게 차별적으로 청취 되면서 서스펜스의 한 축을 이루게 된다.

로만 폴란스키 감독의 〈피아니스트〉(2003)에서 은신처에 숨은 스필만이 건반에 손을 대지 않고 피아노를 치는 장면은 어떨까. 쇼팽의 'Andante Spianato And Grand Polonaise Brillante Op.22'가 스필만의 손가락을 따라 울려 퍼지지만 그것은 어디까지나 관객의 귀에만 들릴 뿐이며 스필만에게는 상상으로, 극 중에서는 무음으로 인식된다. 음악의 진원이 내러티브 안에 있음에도 불구하고 청취의 대상은 외재해있을 때 이를 '메타-다이제틱(Meta-diegetic)' 음악이라고 하며, 〈피아니스트〉의 경우에는 서스펜스의 기능도 수행한다. 스필만은 시끄러운 소리를 냈다가 은신처가 발각된 전적이 있고, 나치의 경찰서 앞에서 어떤 소리도 내지 말아야 할 텐데도 소리를 낼 수 있는 위험한 불장난을 하고 있는 셈이므로.

영화 속 인물에게 '죽음의 소리'를 몰고 오는 경우라던가, 혹은 내러티브의 인과율에 따라 '소리를 내서는 안 되는 상황'에 놓인 경우라던가, 두 경우 모두 소리가 직간접적으로 인물의 위험과 관련돼 음악이 연주되고 있었다면, 소리가 인물에게 직접적인 위해는 되지 않지만, 인물의 파괴를 암시하는 경우도 있다.

데이미언 셔젤 감독의 〈위플래쉬〉(2014)에서 OST 'Caravan'의 도입부 빠른 템포로 연주되는 드럼 심벌 연주는 주인공 앤드류의 파괴를 종용하는 시그널이라고 할 수 있다. 플레쳐 교수에게 실컷 욕을 얻어먹은 뒤 홀로 드럼 연주에 매진하다 손가락이 찢어져 피를 흘리는 장면에서도 'Caravan'의 도입부가 변주되어 흘러나오는데, 이때 연주 음악은 내러티브에 개입하지 않는 외부의 배경음으로 흘러나옴과 동시에 앤드류가 드럼 스틱을 쥘 때는 극 내부의 사운드로 극 중에 빨려 들어가기도 하는, '엠비-다이제틱(Ambi-diegetic)' 음악으로서 플롯을 관통하며 인물을 몰아세우기도 하고 디제시스로 편입되어 인물과 상호작용하는 내러티브 음악이 되기도 한다.

그래서 피 튀기는 앤드류의 드럼 연습을 본 관객들은 시각 이미지와 청각 정보의 화학적 융합에 따라 이제 빠른 드럼 심벌 소리만 들려도 앤드류에게 위험 내지는 염려를 느낀다. 그리고 앤드류는 관객들의 우려대로 자신의 드럼 파트에 몰입한 나머지 플레쳐 교수와 함께하는 공연 당일 날 교통사고를 당해 피투성이가 되고서도 무대에 오르는 기행을 보여준다. 물론 이때 앤드류가 연주하는 곡 역시 재빠른 드럼 심벌 소리와 굵고 중후한 콘트라베이스가 어우러진 전주의 'Caravan'이다.

이처럼 영화에서 소리는 인물의 파괴를 암시하는 역할을 하며, 때로는 그것 자체가 목적으로 작용-특히 음악 영화에서-하면서 파괴를 종용하는 계기가 되기도 한다. 그리고 이 '위험한 진동'은 나아가 아예 그 자체가 위협이 되는 경우도 있다.

소리가 인간을 파괴하는 방법 2 : 내러티브에 의해서

영화 이미지가 주가 되고 음향이 부수적으로 인물의 위험을 거들거나 안내하는 게 다소 싱겁게 느껴진다면 좀 더 영화에 깊숙이 관여하는 소리도 발견할 수 있다. 소리가 직접 인간을 파괴하는 경우에 대해서는 배우이자 감독인 존 크래신스키의 〈콰이어트 플레이스〉(2018) 시리즈가 대표적이라고 할 수 있겠다. 일반적인 영화에서 소리가 가지는 위협이란 평범한 서스펜스 물에 국한했을 때 숨어있는 사람이 내는 급작스러운 고함이나 잘못 밟은 물건의 시끄러운 소리 정도겠으나, 〈콰이어트 플레이스〉에서는 어떤 수단으로도 제거할 수 없는 매우 위험한 외계생명체의 초능력 수준의 청각이 문제가 된다. 이 경우에는 일반적인 영화에서 평범한 소음으로 다뤄질 만한 정도의 소리도 충분히 작중인물들에게 위험으로 다가오게 되는데, 이 작품에서 인물들은 작은 소리 때문에 외계 생명체에게 끔찍하게 살해되거나 난관에 부닥치는 등 소리의 강도 높은 위협에 직접 노출된다.

부분적이기는 하지만, 빈센조 나탈리 감독의 〈큐브〉(1999)에서도 정체를 알 수 없는 정육면체의 살인 공간에 갇힌 주인공들 또한 소리를 내면 트랩이 작동하는 방을 지나면서 '소리'의 직접적인 공격을 받는 모습을 보여준다. 이 주인공들은 자폐 스펙트럼 장애를 앓고 있는 인물과 함께하며, 제멋대로 튀어나오는 고함이나 비명을 통제하지 못하는 자폐인의 돌발 행동 때문에 '소리의 방'에서 갈등을 겪는데, 트랩을 지나지 못하고 파괴되는 인간은 묘사되지 않지만, 불화의 씨앗이 증폭돼 인물들이 서로에게 더 적개심을 갖게 된다.

이처럼 내러티브의 요소로써 소리 자체가 원인이 되어 영화 속 인물이 사망 혹은 부상을 입는 경우는 소리가 인간을 파괴하는 가장 적극적인 형태라고 할 수 있을 것이다. 또한, 직접 공격받는 것은 아니지만 〈바빌론〉에서 방음 부스의 고열, 저산소 상황을 이기지 못하고 사망한 음향 감독의 모습도 소리라는 매개 대상이 내러티브에 개입해 그 죽음에 상당한 관여를 했다고 볼 수 있다.

한 편, 앞서 영화적 장치에 의한 암시와 유사하게 '인간을 파괴하는 소리'로 직접 관여하지는 않지만, 인간을 파괴로 내모는 현장을 청각적으로 부각하는 방법도 있다. 〈라라랜드〉(2016)에서 주인공들이 무명 시절에 겪게 되는 설움들은 환상적인 OST의 뮤지컬 신과는 달리 지극히 현실적인 소음들로 덧칠된다. 이를테면 오프닝 시퀀스에서 고속도로 위 단체로 군무를 추던 사람들이 일제히 차량으로 돌아간 뒤 세바스찬이 힘차게 눌러대는 경적 소리, 세바스찬이 일하던 레스토랑에서 'Mia & Sebastian's Theme'를 피아노로 연주한 뒤에 곧장 사장에게 듣게 되는 "넌 해고야"라는 대사가 꼭 그러하다. 뮤지컬 신에서 논-다이제틱 음악으로 외경에 위치한 음악은 관객을 주인공들과 함께 환상으로 한껏 밀어 넣다가 뮤지컬 신이 종료되는 순간, 현실적인 소음과 함께 주인공을 삶의 구질구질한 면으로 안내하면서 비극을 더욱더 증강한다. 이는 죽음이나 심각한 부상 같은 극단적인 파괴에 이르지는 않지만 극 중의 인물들이 가질 미래에 대한 청사진이나 희망을 꺾어버리는 연출을 가함으로써 소음으로 전환된 소리가 인물에게 부정적인 영향을 미치는 것처럼 보이게 한다.

소리가 인간을 파괴하는 방법 3 : 이성적 산물에 의해서

소리의 배치에 따른 효과도 좋고, 소리가 처음부터 내러티브의 요소로써 파괴의 조건이 되는 것도 좋지만, 소리가 인간을 파괴하기 쉬운 가장 흔한 형태는 역시 직접 전달되는 것이다. 잘못된 정보의 전달과 같은 이성적 사고의 착오, 혹은 교란은 인간을 쉽게 나락으로 보내버린다. 그리고 당연하겠지만 이성적 사고가 담긴 소리란 우리 인간이 말로 자아내는 언어가 대부분이며, 〈이미테이션 게임〉(2014)이나 〈미드웨이〉(2019)와 같이 암호를 다루는 영화에서 암호화된 정보를 다루는 것이 아니라면 대부분 사람의 입으로 전해진다.

언어가 인간을 직접 파괴하는 대표적인 수단이라고 한다면, 그 선두에는 응당 욕설 또는 인신공격과 같은 원초적인 언어가 있을 것이다. 영화가 수행하는 중요한 기능 중 하나인 '전지적 시점의 공유'로 우리는 영화가 표현하는 내밀한 영역을 항시 들여다본다. 또한, 영화의 가장 기초적인 내러티브 전달 수단이자 청각 요소인 '대사'는 사회적으로 용납되지 않거나 언급되어선 안 될 문제들도 어떤 필터링을 거치지 않은 채 관객에게 쏟아내곤 하는데, 특히 〈위플래쉬〉에서 플레쳐 교수가 학생들에게 쏟아내는 차마 입에 담을 수도 없는 그 거친 욕설들은 비슷한 상황을 공유하지 않는 관객들조차도 불편함을 느끼게 할 정도다. 극 중 플레쳐 교수의 욕설은 인물을 자살로 몰아붙이기도 하며, 주인공 앤드류의 심리를 짓이기는 결정적인 역할도 한다. 원초적이고 단순하지만, 도가 지나친 욕설은 분명히 인간을 파괴하는 소리임은 틀림없다.

스탠리 큐브릭 감독의 〈풀 메탈 자켓〉(1987)을 들여다봐도 신병을 훈육하며 마주치는 해병마다 '구더기'라고 욕하는 하트만 상사를 발견할 수 있다. 플레쳐 교수가 울고 갈 실력으로 개인 신상까지 적나라하게 비난한 까닭에 하트만 상사는 결국 부적응자인 로렌스 이병에게 총을 맞게 된다. 물론 로렌스 이병 자신도 돌아올 수 없는 선을 넘어버린 것을 인지하고 스스로 생을 마감하게 되는데, 하트만 상사의 죽음, 그리고 하트만 상사의 인간 이하 취급에 결국 살인과 자살을 택한 로렌스 이병 그 자신의 상황도 모두 언어폭력이라는 소리가 인간을 파괴한 직접적인 사례라고 할 수 있겠다.

이처럼 인간의 음성이 직접 인간 파괴에 관여하는 장은, 개인과 개인의 모욕에서도 분명 큰 힘을 발휘하지만, 개인을 넘어 사회적 수단이 가미될 때 더 파급력을 지닌다. 영화 〈피아니스트〉에서 독일이 폴란드를 침공한다는 소식이 피지는 초반부 스필만의 가족은 전쟁의 위기에도 라디오에서 흘러나오는 영국의 선전포고 방송을 듣고 크게 안심하며 저녁 성찬까지 즐기지만, 그다음 솟은 점령당한 폴란드의 대로를 나치 군대가 행진하고 스필만과 그의 가족들이 우울한 표정으로 그 모습을 목격하는 장면으로 이어진다. 이 영화에서 묘사된 것처럼 소리가 전달하려는 의도와 현실이 상반될 때 인간은 또 한 번 파괴된다.

우민호 감독의 영화 〈내부자들〉(2015)에서 안상구가 미래자동차의 비자금 파일 폭로에 실패하고 곧이어 풀려난 이강희가 "깡패의 말 한마디에 사람들이 좌지우지되는 현실을 매우 개탄스럽게 생각한다"라고 하는 장면에서는 진실이 발언자의 사회적 위치와 발화의 방법에 따라 전도되는 현장이 드러난다. 언어는 그것이 아무리 명백한 진실을 담고 있다고 해도 언어를 활용하는 자의 활용법, 사회에 뿌리 깊이 박힌 선입견이나 상식 등에 가로막혀 무용한 지경에 이를 때가 있다. 진실과 거짓을 다투는 장에서 소리는 청취자에게 직접 전달되지 않더라도 '말(Speech) 수용체'인 사회적 협의로 청취자를 간접 파괴할 수도 있다.

결국, 지극히 저속하고 원초적인 것, 사실이지만 청자에게 별다른 도움이 되질 않거나 행동의 오판을 야기하는 것, 사회적 합의에 의해서 청자를 직간접적으로 오도하고 계층의 벽을 세우는 것 등은 모두 인간의 말에서 비롯되는 것들이며, 이들은 어떤 방향이라도 효과적으로 인간을 부순다. 이런 관점에서 데이미언 셔젤 감독 또한 소리 중에서 특히 인간이 내뱉는 말이 가장 위험하고 생명력이 끈질기다는 것을 〈바빌론〉을 통해 강조하기도 한다.

커리어가 거의 끝장난 잭 콘래드가 비평가 엘리노어를 찾아가 자신을 비난한 칼럼에 대해 따지고 드는 장면에서 엘리노어는 그녀를 바퀴벌레라 욕하는 잭 콘래드에게 나지막이 일러둔다. 집이 불타면 인간은 모두 죽고 결국 살아남는 것은 바퀴벌레라고. 불이 나면 깊고 어두운 굴속을 찾아 영원히 살아남을 바퀴벌레의 집요함을 일깨우던 그녀는 배우도 비평가도, 잭 콘래드와 나눈 대화조차도 계속해서 반복될 것이라고 한다. 시대가 바뀌어도 계속해서 음표를 뽑아내는 시드니 팔머의 트럼펫 속 깊은 금관의 어둠과 엘리노어의 목젖 뒤로 넘어가는 어두운 굴속의 말은 이성의 늪에서 계속해서 반복된다. 한 사람의 가치를 아득히 넘어서는 인간의 이성이란 존재를 충족시키기 위해서, 그리고 그 이성의 언어가 파괴할 무수한 인간들을 소모하기 위해서 말이다.

'욕망의 소리'는 있다 : 영화 속 인물들이 소리와 대적하는 이유

소리가 인간을 파괴할 방법은 무궁무진하다. 시각 이미지 못지않게 청각 효과 또한 중요하게 다루는 영화가 인간을 파괴할 소리를 창출하는 방법도 각양각색이다. 그러나 데이미언 셔젤 감독의 탁월한 음악 기교와는 별개로 그의 영화에 등장하는 인물들은 애써서 소리로 파괴하지 않았어도 어차피 소리에 파괴될 운명처럼 묘사된다.

먼저 〈위플래쉬〉의 주인공 앤드류가 셰이퍼 음악 학교에 진학한 건 최고의 드러머가 되겠다는 '편안한 말 한마디'였지만, 플레쳐 교수가 그에게 전수해 준 '찰리 파커의 길'은 핏물이 낭자한 드럼 스틱과 결벽증에 가까운 완벽주의가 결합된 매우 고된 길이었다. 분명 앤드류는 처음엔 플레쳐 교수의 가학적인 이끌림에 끌려가는 처지였으나 극이 진행될수록 그 자신이 오히려 완벽주의에 집착하는 모습을 보인다.

〈라라랜드〉의 주인공 세바스찬과 미아 역시 마찬가지다. 세바스찬은 프로 재즈 피아니스트가 되기 위해 노력하고, 미아는 배우로서 성공하려는 마음을 갖고 있지만 결국 두 사람이 이루고자 하는 목표를 위해서는 서로의 사랑을 지켜낼 수 없음을 깨닫는다. 사랑을 끝까지 지킬 수도 있었겠지만 두 사람은 각자의 이상향을 위해 달리자는 무언의 합의를 이룬다.

즉 앤드류는 드럼 소리에, 세바스찬은 피아노 소리에, 그리고 미아는 배우의 대사라는 소리에 자신의 모든 걸 걸거나 양자택일의 문제에서 한 가지 문제를 과감히 포기해버린다. 이때 그들을 파괴로 내몬 건 소리가 아니다. 어디까지나 소리를 추구하고자 하는 그들 자의로 이루어진 결정들이었다. 데이미언 셔젤 감독의 작품 중에서 자의가 아님에도 소리의 발전에 따라 고사 되어가는 인물들은 〈바빌론〉의 주인공들뿐이다. 무성영화의 시대에 태어나 유성영화의 시대에 적응하지 못하는 대배우들이 자연스럽게 몰락하는 가운데, 특히 잭 콘래드가 엘리노어와 말다툼을 하는 그 장면에서 '시대'라고 하는, 무한히 증식하는 소리의 물결이 언제든지 인간을 파괴하고 그걸 다시 반복할 수 있다고 하는 부분은 데이미언 셔젤 감독의 작품을 시대순으로 놓고 보면 더 그럴싸하게 보인다. 애써서 욕을 듣거나 감언이설에 속아 넘어가지 않아도, 영화 속 소리의 위협적인 칼날이 몰아치지 않아도, 인간은 결국 이성을 위해 자기를 파멸로 몰아가는 존재가 될 수 있다는 것.

그러나 데이미언 셔젤 감독이 궁극적으로 남기는 질문은 소리가 인간을 파괴하는 현장을 중계하는 것이라기보다, '왜 소리에 파괴되면서까지 그렇게 하느냐'에 있다. 피를 흘리고 아름다운 인생마저 내다 버린 채 추구한 결과물이 과연 그럴 만한 가치가 있는가. 그런데 묘하게도 데이미언 셔젤 감독의 작품 말미에 등장하는 그

피투성이 '소리의 결과물'들은 왠지 감동을 자아낸다. 어째서일까.

클린트 이스트우드 감독의 〈밀리언 달러 베이비〉(2005)에서 주인공 메기는 나이 서른한 살에 권투를 배우겠다고 체육관 관장 프랭키에게 온다. 당연히 프로 복서를 키우는 노련한 코치인 프랭키의 눈에 메기의 꿈은 허황돼 보인다. 당장 시작해도 연습에 4년, 서른 중반이 되어 프로 무대에 서는 것이 가당키나 할까. 그러나 관장의 무관심에도 일 년이나 꿋꿋이 버틴 메기는 어느 날 여전히 냉담하게 구는 프랭키에게 말한다. 권투를 하는 게 너무 좋다고. 엉망진창인 인생에서 그 자신에게 권투마저 빼버린다면 남은 것은 아무것도 없다고 말이다.

메기는 이상적인 소리를 하지만 프랭키는 메기에게 그만 정신 차리라는 현실적인 소리를 한다. 프랭키의 조언이 실로 옳은 듯도 보이고, 메기는 손대지 말아야 할 위험한 꿈을 꾸는 것도 같다. 그러나, 누구도 가질 수 없는 자기만의 욕망을 욕망한다면, 그 욕망이 간단한 욕구가 아니라 이성의 영역에 놓여있는 것이라면 그것은 이성의 산물일까, 욕망의 산물일까. 소리가 지배하는 잃어버린 욕망의 세계에서 이 문제를 판별하는 것은 생각보다 중요하다.

영화 〈퍼스트 맨〉(2018)의 후반부 닐 암스트롱이 달착륙선에서 내리는 장면은 데이미언 셔젤 감독의 영화를 통틀어 유일하게 아무런 소리도 들리지 않는다. 세상의 모든 소음과 한 인간을 파괴로 내모는 소리로부터 격리된 이 상황에 이르기까지, 닐 암스트롱은 인류의 모든 지성이 집약된 새턴-5 로켓과 아폴로 11호에만 의존한 게 아니다. 그 자신이 달에 발을 딛겠다는 자기만의 욕망을 기꺼이 욕망했기에 가능한 일이었다. 시험 도중 위험에 빠지고 동료가 사고로 죽는 끔찍한 상황을 지나오면서도, 가족의 반대와 딸의 죽음, 여론의 부정 같은 시끄러운 소리를 들어가면서도 말이다. 자신의 의지와 스스로 일군 욕망을 욕망하려는 마음만이 충만할 때, 비로소 소리는 숨죽여 한 인간이 '고요의 바다'에 내딛는 발자국을 지켜보게 된다.

그런 점에서 본다면 이성의 잡음이 끊임없이 들려오는 현실 속에서도 우리가 욕망을 잃지 않을 방법은 분명히 있을 것이다. 아니, 오히려 진정으로 추구해야 할 욕망의 형태가 구체적으로 보일지도 모른다. 코끼리의 항문이나 세속적인 욕구에서 그 근원을 찾지 않아도, 트럼펫의 깊은 금관 속에도 지극히 인간다운 욕망이 있을 수 있다는 것을. 세계가 속삭이는 이성이 아니라 자기가 암송하는 이성으로서의 욕망. 우리는 바로 그런 욕망을 탐닉할 줄 알아야 한다. 그런데도 혹시나 자기 욕망을 찾고서도 두려움에 떨고 있는 사람이 있다면, 데이미언 셔젤 감독의 작품에 항상 빠지지 않고 등장하는 피날레를 주목할 필요가 있겠다. 세바스찬과 미아, 앤드류와 매니까지 피투성이가 되도록 소리가 집요하게 괴롭혔던 그의 모든 영화에 나온 주인공들의 마지막 표정은, 그 삶이 어떤 여정을 지나왔든지 간에 언제나 미소지으며 끝난다는 것을 말이다.

당선소감

민 경 민

2017년 무렵 동아신춘문예에 처음 냈던 영화 평론이 심사평에 언급된 뒤, 6년이라는 시간이 지났다. 햇수로는 6년이지만 응모 횟수는 7차례가 되었으니 그야말로 칠전팔기의 당선 소식이었다. 무도(武道)를 깨우치기 위해 도장을 전전하던 이름 없는 수련생이 마침내 도복을 한 벌 얻어 입는다면, 마치 이 같은 기분이 아닐까.

물론 나는 신춘문예가 완성을 고하는 자리가 아니라는 걸 잘 안다. 알을 깨고 나온 그 어떤 새라도 고작 발랑거리는 붉은 핏덩이에 불과하니, 앞으로 깃털을 갖춰 멋진 비상도 하려면 알 속에서의 삶을 버리고 완전히 새로운 태도를 맞이해야 하지 않겠는가.

데이미언 셔젤 감독에 관한 글을 쓰는 동안 나는 특히 〈위플래쉬〉라는 영화를 셀 수 없이 돌려보았다. 손가락이 피투성이가 되도록 드럼 스틱을 휘두르는 주인공의 모습을 보고 있으면 무슨 일이 있더라도 연마한 주법을 꼭 마무리 짓겠다는 강한 의지가 느껴지지 않나. 비록 단 한 곡일지라도, 최후의 순간까지 절대로 포기하지 않는 주인공의 마음처럼, 앞으로의 나의 글쓰기 역시 그런 불굴의 의지를 답습하기 위한 노력이 되지 않을까 싶다.

끝으로 이 둔재의 부족한 작품을 두고 고심하느라 고생하셨을 심사위원님, 신춘문예 운영에 동분서주한 모든 분께 다시금 감사 인사를 드린다. 또한, 긴 시간 동안 많은 응원과 아이디어를 불어넣어 준 나의 친구들과 독자님들에게 고마움을 전하며, 마지막까지 물심양면으로 응원해준 나의 어머니, 가족들에게도 감사의 마음을 전하고 싶다.

2024 문화일보 신춘문예 평론

정 원

본명 : 김정원
1999년 출생
중앙대학교 대학원 문예창작학과 석사 과정 재학
제14회 전국 가람시조백일장 대학(원)부 차상 입상
2024년 《문화일보》 신춘문예 문학평론 부문 당선
jidyd2233@naver.com

치유하는 풍경, 분유하는 공동체
– 이기리론

정 원

세상에는 '잊을 수 없는' 사람들과 '잊어서는 안 되는' 사람이 있다. 전자는 일반적으로 잊어버려도 상관없지만 '잊을 수 없는' 사람들[1]이다. 나 혹은 우리에게 구원의 순간을 마련해준 사람들부터 씻을 수 없는 상처를 준 사람들까지. 그리고 한편에는 폭력과 무관심에 의해 희생된 사람들이 있다. 바로 나의 운명일 수도 있었을 그들은 우리에게 '잊어서는 안 되는' 사람들이다. 공동체는 '그들'을 최소한으로 삭감하기 위해, 최대한 재현할 필요가 있다. 시는 공동체의 상처를 재현하고 폭력을 형상화하면서 사회의 '앓는 마음'을 공표하고, 독자는 그 마음을 들여다보며 분노와 비극의 정념을 분유하고 폭압의 무게를 덜어낼 수 있었다. 시인은 자기 상처를 시에 기입하면서 그 상처의 자리로부터 멀어지고 슬픔을 경감

1) '잊을 수 없는' 사람과 '잊어서는 안 되는' 사람의 구분은 가라타니 고진, 『일본근대문학의 기원』, 박유하 옮김, b, 2010, 34쪽 참조.

시킨다. 그리고 독자는 그 시적 화자와 더불어 그 '거리'와 함께 치유한다.

그러나 상처를 기입하는 일이 시작(詩作)의 전부는 아니다. 상처의 과잉은 하이네가 낭만파 시인들에게 했던 비난처럼 문학을 "거대한 병원 ein groß es Lazarett"[2]으로 전락시킨다. 감상적 요설로, 배설로 분출되기 쉬운 시인의 사적 생채기는 독자들에게는 심드렁하고, 극단적으로 지겹다. 시가 공동체의 정념을 분유하게 한다면[3], '거대한 병원'으로 전락하지 않기 위해 기왕의 관습적 재현을 넘어설 필요가 있다. 물론 이제까지 시가 치유를 담보하지 않은 것은 아니다. 자연을 통한 서정적 치유는 독자의 마음을 위로한다. 그러나 대개 그것은 찰나적 위안에 불과했다. 위안 '그 이상', 폭력 '그다음' 행위를 바라는 독자는 정처 없다. 객관적으로 자기 상처를 진단하고 피학의 주체가 폭력 '그다음' 하는 일을 기입하는 항구적 시는 드물다. 폭력이 발생한 '그다음'에 우리는 무엇을 하고 있는가. '그다음' 다음에 상처를 어떻게 치유하는가. 폭력을 최소한으로 삭감하기 위해 우리는 무엇을 해야 하는가. 상처적 재현으로서 시의 뉴웨이브는 없는 걸까.

여기, 이기리가 있다. 그의 시는 폭력을 긴축할 힘이 있다. 그것의 질료는 재현과 풍경이다. 첫 시집에서 그의 시는 폭력을 구체적

2) 한상희, 「문학치유적 관점에서 하이네 읽기」, 2017, 129쪽.
3) 장-뤽 낭시, 『무위의 공동체』, 박준상 옮김, 그린비, 2022.

으로 재현한다. 그러나 이제까지 해왔던 방식대로 모종의 상처나 가학의 주체, 피학의 주체'만'을 재현하지 않는다. 이기리는 피학의 주체가 폭력이 발생한 '그다음' 무엇을 하는지 자기-행위를 겨냥한다. 두 번째 시집에서는 무상한 사물과 객체들의 풍경이 아니라 인물로서 풍경을 기워낸다. 실로 풍경을 구성하는 것은 '일면식 없는' 사람들이다. 그리고 풍경 구성원 가운데 관찰자로서, 동시에 관찰 대상으로서 시적 화자가 포함된다는 사실은 이기리가 기워내는 풍경의 강력한 매혹을 견인한다. 마치 독자를 관찰자로 만들어 버리는 이 관계론적 사유는 궁극적으로 "우리"를 기워내고자 한다. 공동체의 물음이 부재하는, 개인주의가 만연한 포스트 휴머니즘 시대에 이기리가 "우리"를 연습하는 모습은 증상적이다. 너, 나 할 거 없이 부리나케 자기 전시에 몰두한 현대 사회, 어쩌면 '지금-여기'를 살아가는 너와 나 모두 "우리"에 연루되지 않은 채, 폭력에 연루된 것은 아닐까. 그가, 그리고 우리가 경험했던 모든 폭력은 "우리"에 대한 경솔함으로 발생한 것이니까.

1. 풍경의 공동체

"그때 내 머릿속에서 꼬리를 물고 떠오른 것은 바로 이러한 사람들이다. 아니, 이 사람들을 보았을 때의 주변 풍경 속에 서 있는 사람들이다." 『잊을 수 없는 사람들』의 화자 '오쓰'의 머릿속을 수십 년간 굴러다닌 사람들은 죽어버린 첫사랑도, 기구한 운명을 지닌 친구도 아니다. 그들은 '얼굴도 모르는' 사람들이다. 화자는 그들을 가리켜 '잊을 수 없는 사람들'이라고 말한다. 그 중 첫 번째는 10년 전 오사카에서 세토를 오가는 증기선을 타고 바다를 항해하던 가운데 만난 사람이다. 만났다기보다는 목격했다는 말이 온당하다. 증기선으로부터 수십 미터 떨어진 섬에서 목격했다. 그러나 오쓰는 말한다. '그 사람'을 잊을 수 없는 게 아니라, '풍경 속에 있는 사람'을 잊을 수 없는 거라고. '풍경으로서의 인물'의 의미다. 그렇다면 오쓰는 왜 그것을 잊을 수 없었을까. 곧, 당장 만날 수 없겠거니와, 다시는 볼 수 없을지도 모를 풍경이기 때문이다. 사람은 때때로 가질 수 없는 것에 집착하고 미련을 품는다. 소유할 수 없다고 생각하니까 갈망하고 미치는 것이다. 가라타니 고진은 말한다. "풍경이란 바로 이러한 도착(倒錯) 속에서 발견되는 것"[4]이라고.

그렇다면 인물조차 풍경으로 보는 이기리의 시는 도착적인 것일까? 아니, 그의 시는 그것과는 사뭇 다르다. 오쓰의 '잊을 수 없는' 사람들은 '어쩌다' 보게 된 풍경이다. 우리는 어쩌다 본 것들을 마치 운명인 양 취급한다. 남들 '몰래' 본 그것은 나'만' 볼 수 있다는 관음증적인 쾌감을 도출한다. 그러나 이기리는 풍경으로의 진입에 거리낌 없다. 그는 '의식적'으로 사람들을 보면서 '잊지 않기 위해' '잊을 수 없는 사람들'을 창출한다. 잊지 않겠다는 다짐이 먼저고 잊을 수 없는 사람들은 나중이다. 인물을 특정하지 않기 때문에

4) 가라타니 고진, 앞의 책, 36쪽.

특별히 경향적이지 않다. 그게 누구든 '사람'이라면 잊지 않겠다는 말이다. 어쩌다 마주친 그대가 아니며, 특정 인물이 등장하지 않는다. 말하자면 인물에 대한 이기리의 시선은 근본적으로 도착적이지 않을 뿐 아니라, 오쓰처럼 풍경을 관망하기'만'하지 않는다는 것이다. 시인이 말하는 풍경의 근본은 '동화'에 있다. '성질, 양식, 사상 따위가 다르던 것이 서로 같게 되는 것'. 두 번째 시집 『젖은 풍경은 잘 말리기』의 표제작 「극세사」와 같은 시는 풍경에 동화하기를 대표하는 작품이다.

"골프입니다" 하면서 전단지를 내미는 할머니들
아직 비가 내리는 줄 알고 우산을 쓰며 걷는 사람들

"비 안 와요. 우산 더 안 써도 돼요" 하면서 전단지를 계속 내밀고
누굴 기다리느라 옆에서 10분 넘도록 책을 읽는 사내에게는 전단지를 내밀지 않는다

(……)

역사 미화원은 출구 앞에 파란 우산털이통 하나를 놓으며
"아이고, 사람들이 많아도 많아도 너무 많다. 정신없어 죽겠다. 미치겠다" 하면서 계단을 오르는데 지하철에서 방금 내렸는지 수많은 인파가 한꺼번에 계단을 내려온다

(……)

그리고 잠깐 다른 곳을 보고 있던 사이에
사내가 어디론가 가고 없다

시집을 덮고 반가운 얼굴로 기다렸던 사람을 만난
사내의 모습을 그려볼 수도 있겠지만
그 순간을 놓친 자에게 영원이란 행방불명일 것

손에 쥔 전단지를 다 돌린 할머니들이
검은 봉지 속에서 잡히는 대로 한 묶음을 새로 꺼낸다

—「극세사」 부분

"비 안 와요. 우산 더 안 써도 돼요". 시인이 보는 풍경에는 비가 그쳤다. 그러나 사람들은 그치지 않는다. 거기에는 "전단지를 내미는 할머니들"과 "우산을 쓰며 걷는 사람들", "역사 미화원"과 계단을 내려오는 "수많은 인파", 그리고 "책을 읽는 사내"가 있다. 역전의 풍경을 이루는 것은 모두 사람이다. 일면식 없는 이 무량한 사람이 한 사람의 시선에 의해 '역전의 풍경'을 이루는 풍경 공동체로 포섭되었다. 시인이 관찰하는 풍경은 '너'도 아니고 '나'도 아닐뿐더러 '그 사람'도 아니다. 그것은 "우리"다. 두 번째 시집의 풍경에는 '오직 한 사람'이랄 게 없다. 시종 2인 이상의 사람이 등장하여 풍경을 이룬다. 앞서의 말처럼 인물을 특정하지 않는 것이다.

이 시의 불특정 화법은 풍경에 동화하는 시적 화자를 감지하기 어렵게 한다. 그러나 풍경 말미에 남은 인물이 누구인지 살피면 숨은 화자 찾기는 한결 쉽다. "잠깐 다른 곳을 보고 있던 사이에" 사내가 사라졌고, 할머니들은 "손에 쥔 전단지를 다 돌"렸다. 풍경 하나가 기워진 것이다. 사내가 사라진 순간 화자는 순간을 놓쳤고, 그렇게 풍경이 종국으로 치닫는 점을 미루어 볼 때, 화자는 '사내'일 것이다. 잇따라 전단지 "한 묶음을" 새로 꺼내는 할머니들에 의해 풍경은 새로이 재생된다.

여기에는 크게 두 가지 질문이 놓일 수 있다. 첫째, 풍경을 기워내는 방법론으로써 관망이 아닌 '우리로의 동화'를 선택한 이유는 무엇인가? 둘째, 풍경에 오류는 없었는가? 전자의 질문에 먼저 답하자면, 관망은 풍경 따위를 멀리서 바라보는 행위이기 때문에 관찰자와 대상과의 거리감이 있다. 반면 동화는 풍경에 깊숙이 들어가 타인과 '서로-같음'을 연습하는 일이기 때문이다.

동화는 「극세사」 속 이기리의 풍경을 크게 두 가지 카테고리로 나누어 볼 때 두드러진다. 곧 '지박하는 풍경'과 '이동하는 풍경'이다. 전자에는 "전단지를 내미는 할머니"와 "역사 미화원" 그리고 시적 화자—"책을 읽는 사내"가 있고, 후자에는 계단을 오르는 "사람들"이 있다. 망원역 풍경에 '지박하는' 할머니들은 '이동하는' 사람들에게 전단지를 내민다. 그러나 옆에서 책을 읽는 사내에게는 전단지를 내밀지 않는다. 동일한 종류의 풍경이기 때문이다. 좁은 공간, 이를테면 작은 카페에 '나'와 모르는 사람 A가 (각자 다른 테이블에) 단둘이 있다고 가정해 보자. 그 둘은 서로를 의식하고 있다. 그것은 무지에서 오는 경계심이다. 10분이 지나면, 어느새 둘의 심리적 경계는 허물어진다. 그때, 모르는 사람 B가 입장하면, 같은 시간을 지낸 '나'와 A의 동질한 시선은 긴장감 있게 B를 경계-응시할 것이다.

여기서 '나'는 '사내'이고, A는 '할머니들'이다. 10분 내내 같은 거리에 지박한 채 시간을 보낸 사내와 할머니들은 서로 동질감을 느낄 것이다. 기실 할머니는 사내에게 전단지를 내밀 생각이 없고, 사내는 할머니가 전단지를 내밀지 않으리라는 사실을 은연중 알고 있다. 이렇듯 시적 화자는 풍경에서 인물과 동질감을 느끼면서 '서로-같음'을 연습한다. 그런 점에서 동화는 타인과 '서로-같음'을 연습하고 모종의 문밖으로 한 걸음 나아가는 과정이다. "변화를 받아들이지 않았던 날들"(「상쇄」)을 뒤로 하고 마침내 너-나를 서로 얽키고설키게 섬유 조직처럼 짜내다 보면 어느 날에는 분명 극세사 이불이 되어 겨울을 "좀 더 따뜻하게 보낼 수 있을지도" 모른다.

'우리'를 통하여 펼쳐 든 문학적 공간 속에서 그의 풍경은 사람과 사람을 봉제한다. 그렇다면 이제 일차적으로 중요해진 것은 '풍경-하기'라는 치유책에 종착하기까지 '풍경에 오류는 없었는가?'이다.

2. 풍경의 오류

오류는 풍경으로의 교량을 건너는 과정에서 발생했다. 그 다리 위에서 이기리는 크게 두 번의 시행착오를 겪는다. 두 번의 오류는 모두 이야기에서 인물을 없애는 작업이다.

> 아무도 없는 테니스장을 몰래 훔쳐본다 철망은 일정한 모양과 규격으로 짜여져 있다 손가락을 끼워 넣으면 분리된 신체처럼 낯설다 테니스장 안에 있는 손가락이 허공에 떠 있다
>
> 잠겨 있는 은색 자물쇠의 표면은 광택을 잃고 녹이 슬었다 햇빛이 반사되어 자물쇠의 그림자가 손목에 새겨진다 하지만 내겐 열쇠가 없는데
>
> 안에서 네트가 멍청하게 흔들린다 삐걱거리는 소리를 내는 뼈대가 고요에 균열을 내며 균형을 맞춘다 네트의 그물망은 절반쯤 찢어졌고
>
> 오래전부터 누구도 꺼내 주지 않아 구정물을 머금고 가라앉은 먼지와 함께 썩어 가는 공이 배수구에 처박혀 있다 천 년쯤 지나야 영영 사라지겠지

나는 문 앞에 엉거주춤 서 있고

-「러브게임」 부분

테니스장을 배경으로 하는 「러브게임」에는 '나' 말고 인물은 "아무도 없"다. 테니스장은 자물쇠로 잠겨 있고, "내겐 열쇠가 없"기 때문에 '나'는 "잠겨 있는" "문 앞에 엉거주춤 서 있"다. 테니스장을 시인의 마음이라고 해보자. 그의 마음에는 아무도 없으며, 자물쇠로 잠겨 있다. 사람들에게 받은 상처가, 그래서 사람을 의심하는 태도는 마음의 문에 자물쇠를 걸었다. 그러나 거기에는 찢어진 그물망과 삐걱거리는 소리가 들려오며, "먼지와 함께 썩어 가는 공이 배수구에 처박혀 있"는 풍경의 서늘함이 감돌 뿐이다.

「유리온실」에도 마찬가지로 "이야기는 수많은 등장인물을 없애고 나 혼자 숲에 남겼다". 그는 '나'가 만든 (가상의) 이야기 숲에서 수많은 타인을 삭제하고 일반적으로 배경이라 불리는 '낙엽, 연꽃, 나비, 나무…'만을 풍경으로 설정했다. 상상적 낙원에는 어쩐지 대부분이 "정지된 화면처럼 다시 재생되기를 기다리고 있는 것 같았다". "나뭇가지들은 깨진 하늘에 생긴 실금처럼 보였다 어떤 나무는 나보다 작았다 잘려 나간 몸은 찾을 수 없었다". 사람한테 상처받은 마음이 마침내 인물을 삭제한 것이다. 바야흐로 유토피아의 풍경이 펼쳐질 것이라던 기대와 달리 그곳의 균열은 섬뜩하다. 그 균열 안에서 시적 자아는 분열을 딛고 끝내 속엣것을 토해낸다.

"숲이 더 많아졌으면", "인물이 더 있었더라면" 좋겠다고.

자전거도 없고 종종 죽은 뱀을 보기 일쑤였다 나는 이 이야기가 도무지 마음에 들지 않아 발길이 닿는 곳마다 숲에 있는 식물들을 모두 꺾어 버렸다

뒤를 돌아보니 누군가 연못에 빠져 가라앉고 있었다 나는 연못을 향해 달려가다가 어떤 벽에 부딪혀 넘어졌다

-「유리온실」 부분

오직 할 수 있는 일이 숲을 '걷거나' 이야기의 종말을 생각하는 일뿐이었던 내가, (벽 밖에 있는) 누군가 연못에 빠져 가라앉을 때는 주저 없이 달려간다. 넘어지기도 한다. 시적 화자의 달음박질은 넘어질 만큼, 물리적 육체를 능가하려는 마음은 절박하다. 연못에 빠져 죽고 있는 사람을 구해야겠다는 본능도 있겠거니와, '내가' 얼마나 사람을 원하는지에 대한 간절한 심정이 실려있다. 끝내 시인을 단념시키는 보이지 않는 벽은 증오와 원망의 대상이 된다.

이렇듯 '풍경 만들기'에 실패한 이기리는 더 이상 시적 자아를 혼자 두지 않는다. 풍경의 오류가 내일의 풍경에는 범람하지 않게끔 '인물'을 호출한다. 내면에서 이루어지는 허구적 사태에서 벗어나 '지금-여기'에서 벌어지고 있는 현실적 사태와 관계하려고 한

다. 이 관계론적 사유는 마침내 '풍경-하기'를 창안해 내었다.

'우리'를 기워내는 것이 '그'만의 치유책이라면, 치유할 상처는 어디에 있으며 실체는 무엇인가. 첫 시집 「그 웃음을 나도 좋아해」는 그 실체를 구체적으로 더듬는다. 거기에는 시적 화자의 지난한 경험이 구체적으로 기술되어 있다. 그는 '학교폭력'에서 피학의 주체였고, 그가 경험한 폭력은 "우리"의 부재에서 출발한다.

3. 재현으로서의 애(愛), 도(悼)

두 번째 시집 『젖은 풍경은 잘 말리기』에서 그가 '풍경-하기'라는 치유책을 사유한 이유는 누구보다 학교폭력의 형상을 직접 마주했기 때문이다. 피학의 주체가 된 시적 화자에게는 그렇게 '잊어서는 안 되는' 사람이 생긴다. 그것은 지난날 그에게 '폭력을 기입한' 사람들이 아니라, 지난날 폭력의 장(場) 한가운데 놓인 '나'이다. 상처 치유책으로서 재현은 나를 '돌아보는' 작업이다. 그것은 단순한 회고와 발견의 작업이 아니다. 상처의 순간뿐만 아니라 '그날'의 분위기, 감정, 생각 따위를 객관적으로 (재)진술하면서 모호하게 느끼고 있던 감정들을 구체화하고 정확하게 인지하여 적극적인 자기-행위로 재구성하려는 심심한 작업이다. 그런 점에서 재현은 애도의 힘을 가진다. 이기리 시에서 재현은 '반복강박'을 경유하고 마침내 자기-행위에 종착한다. 따라서 시인은 폭력의 형상들로부터 멀어지기보다는, "다시 눈을 뜨고 끝까지 다 보기로 한다"(「일시 정지」).

사람들의 눈을 피해 숨을 곳을 찾는 「명당을 찾아라」와 같은 시는 학교 폭력의 정황을 꾸밈없이 진술한다. 시인은 "재 똥 싸러 간다!"고 외치며 우르르 몰려오는 반 아이들 때문에 "배가 살살 아프면 곤란해"진다. "수업 도중에 손을 들고 나갔다 들어오면 놀림감이 되어 있"을 뿐 아니라, 화장실 변기에 앉으면 누군가 위에서 물을 한 바가지 뿌리기 때문이다. '같은 반 친구'라는 평범한 명목으로부터 소외된 것이다. 그래서 과거의 그는 언제나 폭력에서—물리적으로—멀어지기 위해 "가뿐히 소외될 수 있는 곳으로"(「명당을 찾아라」) 내달렸다. "절대적으로 혼자이기 위해 혼자인 것만으로 충분하지 못하고 유일하게 혼자여야만"[5] 했다.

다른 곳을 찾아보자
모두 체육복으로 갈아입고 나갔을 때 나가지 않고
일 층 복도 끝으로 가면 왼쪽으로 꺾을 수 있는데
바로 거기에 처음 보는 창고가 있었어요

-「명당을 찾아라」 부분

화장실에서의 비극이 잠시 중단되었음에도 여전히 '혼자'일 수 있는 곳, 아니 '소외'될 수 있는 공간을 찾는다. 소외당한 경험은

5) 장-뤽 낭시 앞의 책, 24쪽.

언제든 소외당할 수 있다는 불안을 창출하고 주체는 그 불안에 대한 방어 전략으로 차라리 또 한 번 소외를 자처한다. 소위 '왕따'당한 경험으로부터 촉발된 정신적 외상의 고통을 축소하려는 '반복강박'적 전략인 것이다.

> 청소도 제대로 안 하는지 바닥엔 검은 땟국물이 흘렀고
> 방충망은 찢어져 있고 천장에는 거미줄들이 득실거렸지만
> 그래, 여기라면 괜찮아 어쩌면 아예 처음부터 없었던 것처럼
>
> 지낼 수 있어
>
> 등에 거대한 나방이 앉습니다
> 무서워 움직이지 못하는 건 아닙니다
>
> 부디 나한테 관심을 그만 가져
> 여기까지 오려고
> 얼마나 많은 눈들을 피해 왔는지
>
> 아 따라오지 마 좀
> 제발

—「명당을 찾아라」 부분

존재-없음을 말미암아 불안을 회피하려는 것일까. 명당을 '좋은 묏자리'라는 의미로 읽으면 그럴 수 있겠다. 그러나 '썩 좋은 자리'라는 의미의 명당이라면 그것은 사람들의 '관심-없음'을 염원하는 것이다. 시인은 죽고 싶지 않다. "바닥엔 검은 땟국물이" 흐르는 그 곳에서도 "지낼 수 있"다는 믿음을 가진 사람은 어쨌든 살고 싶다. 지낸다는 말은 산다(live)는 말이다. 살아야지 지낼 수 있다. 3행 이상을 가진 연과 연 사이에 단 한 문장이 쓰인 까닭은 그것을 강조하기 위함이었을 테다. '나'라는 존재가 관심과 죽음이 부재한 공간에서 '살아서' '지낼 수 있는', "그 누구의 발길도 닿지 않는" 창고는 그런 점에서 소외되기 '썩 좋은 자리'다. 하지만 "등에 거대한 나방이 앉"으면서 창고는 더 이상 명당으로 존재하지 않는다. 그야말로 지긋지긋한 관심이다. 더는 숨을 공간이 없다. 그렇다면 시인에게 묻는다. '이제 어쩔 작정인가요?'. 시인은 말한다. "마침내 친구 뒤통수를 샤프로 찍었다"(「그 웃음을 나도 좋아해」).

내가 네 손가락 하나 못 자를 것 같아?
커터 칼을 검지 마디에 대고 책상에 바짝 붙였다

친구는 나의 손가락을 자르지 못했다
검지에는 칼을 댄 자국이 붉게 남았다

내 불알을 잡고 흔들며 웃는 아이들의 모습이 유리문에 비쳤다

-「그 웃음을 나도 좋아해」 부분

심상한 시제와 달리, 내용은 심상치 않다. "그 웃음을 나도 좋아해". 네가 짓는 그 웃음이 "내 불알을 잡고 흔들며 웃는" '너의 것' 이어서 좋은 거라는 동조 식의 해석은 인식론적으로 불가해하다. 그것은 선망도 동조도 아니다. '나도 웃을 수 있다'는 의미 넘어 '나도 누군가의 불알을 잡고 흔들며 (비)웃을 수 있는 사람'이라는 사실로서 '누구나 그럴 수 있다'는 진실을 주지하는 것이다. 또한, 이것은 '너도 상처받을 수 있다'는 사실과 '누구나 상처받는다'는 참인 명제를 포함한다. 곧 시인이 말하는 상처의 본질이다. 이 사실을 가학의 주체들이 미리 알았더라면, 폭력은 발생하지 않았으리라. 이를테면, 그 손가락을 너만의 손가락이 아니라 같은 "우리"—같은 사람으로서, 같은 반 학생으로서—의 손가락이라고 생각했다면 폭력은 없었다. '네 손가락' 즉 '너만의' 손가락이라고 생각했기 때문에 가능한 폭력이다.

이기리의 시적 화자가 시 속에서 각인하고 있는 것은 비단 학교 폭력만은 아니다. 정신적 · 신체적으로 미숙한 시절, 조금 일찌감치 정체성을 인지한 시적 화자는 젠더 감수성 관련한 모종의 폭력성을 예감한다. 여기에는 학대당한 주체가 폭력 '그다음' 하는 자기-행위가 드러난다. 즉 적극적으로 자기를 마주하고자 한다.

빨래 건조대에 걸려 있는 허공에서

뒤집어진 무덤처럼 나란히 흔들리고 있는
갈색 브래지어를 옷 속에 숨기고 화장실로 가져온다

까치집인 머리를 털고 옷을 홀딱 벗은 채
거울을 바라보며 후크를 잠근다
평평한 가슴을 지나 허리까지 내려오지만
끈 조절은 할 줄 몰라 두 손을 포개고

고무 동력기보다 글라이더를 만드는 게 더 좋았다
바람에만 의지할 수 있어서
가상 오래 날 수 있는 비행기의 비밀이 궁금해

(……)

손을 잡고 싶었을 뿐인데 우린 같은 성별이라고 한다
더 다가가면 예고된 절교가 기다리고 있다

(……)

숨겨야 할 표정이 생길 때마다
서랍을 열면
이미 숨겨 두었던 정체들과 마주치게 된다

아직 변성기도 오지 않았어
겨드랑이털 하나 없이 매끈하지

물웅덩이에 비친 얼굴이
다른 얼굴들과 마구잡이로 뒤섞인다

-「싱크로율」 부분

막 잠에서 깬 화자는 "까치집인 머리를 털고" '거울'을 바라보며 "갈색 브래지어"를 신체에 이식한다. 변성기도 오지 않은, 겨드랑이가 매끈한 화자는 아직 이차 성징을 경험하지 않은 남자아이다. 젠더적으로 브래지어는 '여성의' 속옷이다. 사회적으로 남성인 시적 화자가 그것을 입고 자기 모습을 주시하는 일은 단순히 호기심 때문만은 아니다. '거울 속에 비친 나'를 타인으로 볼 때, 화자는 젠더와 다른 자기 성 정체성을 '거울'을 통해서라도 인정받고 싶다. 곧 성 정체성의 확인 작업이다. 3연의 3행은 그것을 치밀하게 암시한다. "가장 오래 날 수 있는 비행기의 비밀이 궁금해". '비행기의 비밀'에 주안을 두면 이 문장은 '날다(fly)'의 의미만으로 읽힌다. 그러나 앞에 '날 수 있는'에 방점을 찍고 주름을 펴면 가장 오래 '나'일 수 있는 비밀이 된다. 따라서 화자가 본질적으로 궁금한 것은 비행기가 아니라, 성 정체성을 인정받을 방법이다. 그러나 성별이 같다는 이유가 손잡을 수 없는 이유가 된다는 사실과 마주쳤을 때, 화자는 서랍 속에 '이미 숨겨 두었던 정체'—그것은 명백히 여성의 옷이다—들과 마주한다.

숨겼다는 말은 '어디에' '무엇을' 숨겼는지 주체가 알고 있다는 말이다. '일부러' 폭력에 침식당하는 이미지를 반추한다. 마주친 것은 미숙한 젠더 감수성이지만 마주하고자 한 것은 거울에 비친 자기 자신과 물웅덩이에 비친 자기 얼굴, 서랍 속 자기의 성 정체성이다. '폭력을 기입한' 사람들이 아니라, 폭력의 장에 놓인 '나'의 상흔을 적극적으로 돌아보려는 자기-행위인 것이다. 그런 점에서 이기리 시에서 재현은 자신을 위한 애도 작업이다. 중요한 점은 그의 애도가 일반적인 애도(哀悼)와 다르다는 사실이다. 이기리의 애도(愛悼)는 두 글자 모두 '슬픔'의 의미를 가지지 않고, 하나는 사랑을 의미한다. 곧 자신에 대한 사랑이면서 '사람' 자체에 대한 사랑이기도 하다.

> 나는 타인을 사랑하고 믿으려는 맹목적 태도를 바꾸지 못했습니다. 나를 맘껏 부려 먹기를. 누군가 조금이라도 더 성장하고 행복할 수 있다면. 웃을 수 있다면.
>
> -「더 좋은 모습으로 만나겠습니다」 부분

상처받은 사람에게 '사랑'은 가볍지 않은 단어라서 쉽게 꺼내지지 않는다. 사랑하는 것과 사랑받는 게 소중한 일인 줄 누구보다 잘 알아서 감히 사랑을 입 밖으로 꺼내지 않는다. 그런데도 '사랑'(「사랑」)이란 단어를 시제(詩題)로 쓰는 사람이 이기리다. 시가 사람을 사랑한다고 해서 모든 사람에게 시가 당도하는 것은 아니지만, 사람을 사랑하는 사람에게'만'은 기어코 당도할 수밖에 없는 게 시다. 위의 시는 이 사실을 방증한다. 두 번째 시집 『젖은 풍경은 잘 말리기』는 풍경으로서 그 사실을 또한 증명하였다. 사물과 자연으로 풍경을 깁지 않고 인물로서 풍경을 기워내는 시인을 우리는 목격하지 않았는가. 결정적으로 자기 자신도 그곳에 동화되었다. 그가 사람을 사랑하지 않았더라면, 풍경의 오류를 오류로 받아들이지 않았을 것이다.

4. 상관없는 '우리'들과

이기리는 철저히 혼자였던 과거의 상흔이 현재와 미래를 침범하지 않기를 바란다. 그래서 구체적으로 과거를 시에 기입하고 적극적으로 자기를 돌아보면서 재현으로서 지난날을 애도한다. '우리'의 부재로 출발했던 처절한 과거는 그렇게 "오직 과거의 시간으로만 남겨 두"(「유실」)기로 하고 현재를 살고 있는 그는 이제 '우리'를 꿈꾼다. 거리로 뛰쳐나와 '우리'를 사유하기 위한 방법론으로 그는 '풍경-하기'라는 전략을 택한다. 그것은 자연과 객체의 풍경이 아닌 인물로서 풍경을 기워내는 방법이었다. 그렇다면 이기리의 그것은 인물'만'으로 이루어진 풍경을 겨냥한 것인가? 물론 그렇지 않다. 인물로서 풍경을 깁는 행위는 인물'조차' 풍경으로 본다는 것일 뿐, 풍경에서 자연을 배제하지 않는다.

자연물과 객체, 그리고 비인간을 풍경에서 배제, 혹은 소외할 경우 풍경은 차라리 인간을 소외한다. 인간중심주의, 물질만능주의가 만연한 사회에서 비인간으로 구별되는 것은 이제 비단 사물과 자연만이 아니기 때문이다. 수량화, 규격화, 획일화, 익명화로 '비인간화'되어 가는 인간들, 그리고 퀑탱 메이야수의 비판처럼 상관주의(correlationism)[6]에 의해 추방된 숱한 객체들과 타자들이 있다. 코로나를 통해 우리는 바이러스와 생태 위기가 비단 국지적 차원에 그치는 것이 아니라 전 지구적 차원으로 확장되는 것을 경험했다. 이들 비인간 타자들이 전 지구적 반란을 통해 경고하는 바는 의미심장하다. 이들의 반란은 인간이 끝내 "우리"를 기워내지 못하면 우리는 또다시 폭력에 연루되는 필연적 비극을 낳을 수밖에 없다고 경고하고 있는 것이다. 신유물론자들의 객체 지향 존재론(object-oriented ontology), 브르노 라투르 행위자연결망이론(actor-network theory) 등은 당면한 지구 위기를 향한 사이렌과도 같다.

이기리는 객체들과 연루되지 않는 사람들의 태도를 암묵적으로 힐난하면서 "우리"에 연루될 것을 거듭 강조한다.

풍경이 우리를 가두었다.

---

6) 퀑탱 메이야수, 『형이상학과 과학 밖 소설』, 이학사, 2017.

나아갈 수 있는 길은 하나밖에 없다. 한번 살기로 했으면.
무심코 멈춰버릴 수도 비탈이나 수풀 쪽으로 이탈할 수도 없다.

가족과 친구와 연인이 앉아 있다.
자리가 부족해 가족 중 큰아들은 서 있고 친구는 다리를 꼰다.
연인은 유리창 밖으로 나가 사진을 찍는다.

우리가 보이는 사람은 아직 아무도 없다. 언제까지 숨을 수 있을까.
우리는 가족이나 친구나 연인에 속해 있지 않다.

(……)

가족과 친구와 연인이 정상 부근에서 내린다.
지금부터 걸을 생각인 것이다. 우리는 또 갇힌다.
야생의 초원으로 질주하지 못한다.
우리는 빛의 속도로 사라지거나 과거로 돌아갈 수 없어서.

우리는 목격되지 않았는데 안내받고 있다.
곧 내릴 지점에 도착하게 됩니다. 잠시 덜컹거릴 수도 있으니 놀라지 마세요.
어쩌면 좋지? 시작이었는데 끝이라니. 우리는 갇힌 풍경을 목도하며 정직하게 앞날의 투명성을 흘려보냈다.

우리를 보거든 가까운 경찰서에 신고를.

-「모노레일」 부분

이 시에서는 풍경에서조차 좌초되어 생존자의 난경에 처한 "우리"의 모습을 그리고 있다. '가족', '친구', '연인'은 인공도시를 벗어나 자연으로 들어간다. 그러나 그곳은 모노레일처럼 안전하고 인공화된 자연이다. 여기서 모노레일은 세계를 자연(풍경)과 인간으로 구획한다. 그야말로 우리는 풍경에서 뿌리뽑히고 풍경에 의해 갇힌다. 이때 자연은 인간에게 길들여진 풍광이 아닌, 인간을 위협하는 야만과 위험이 된다. 그러나 시가 전개될수록 갇힌 것은 우리가 아닌 '풍경'임이 드러난다. 갇힌 우리와 갇힌 풍경은, 곧 이상의 「오감도」의 '무서워하는 아해'와 '무서운 아해'의 변주와 유사하다. 인간을 위협하는 것이 야만의 자연처럼 보이지만, 사실 인간이 자연을 파괴하고 정복함으로써 이들을 가두고 있다는 것. 그리고 그 변전이 다시 인간을 위협하고 있다는 사실은 '목격되어야' 하는 "우리"가 누구인지 말해준다. 그것은 인간끼리의 인간이 아닌, 인간중심주의에서 밀려난 풍경 속 자연과 객체들과의 연루됨이다.

인간과 자연을 분리하여 바라보는 이분법적인 세계관의 인간중심주의는 자연이란 인간의 욕구나 필요를 충족시키기 위한 수단에 불과하다는 도구적 이성의 입장을 취한다. 거기에는 기본적으로 가장자리로 향하는 자연의 편위가 있다. 그런 점에서 사람과 사람 사이에 섞이지 못하고 소외당하는 피학의 대상들은 인간중심주의에서의 '자연' 혹은 비인간과 동등한 자리에 위치한다. 우리가 첫 시집에서 맞닥뜨린 이기리의 피학의 주체는 사람이 아닌 객체로서의 인물이었다. 이 시에서 말하는 자연과 객체들과의 연루는, 곧 소외당한 주체들과의 연루이기도 한 셈이다. 이기리가 말하는 풍경은 인간만으로 이루어진 풍경이 아니다. 자연과 연루된, 비인간 타자들과 공생하는 공-산(共-産)[7]으로서의 풍경이다.

"우리를 보거든 가까운 경찰서에 신고를" 하라는 이기리의 언명은 비인간으로서의 인간으로 풍경에 은폐된 인간을, 타자를, 객체를, "우리"에 빠뜨리지 않을 것을 염두에 둔다.

따라서 이기리가 기워내는 풍경은 '지금-여기'를 살고 있는, "자기 앞에 놓인 길만 보느라 옆을 까먹은"(「일상적 배치」) 모든 생존자에게 내리는 처방이다. 이 처방에서 무엇보다 중요한 것은 우리는, 서로, "언제나 연결되어 있다는 믿음"(「손을 풀자 연주를 하자」)이다. 인류세와 기후위기와 핵개인주의, 정체성 갈등과 AI의 진격을 목격하고 있는 현재 이기리가 말하는 "우리"의 패러다임은 기술문명의 또 다른 위협과, 섹트주의와 단절과 고립을 제거하는 의미 있는 전환점이 될 것이다. 각자 과거의 상처는 과거로 고정시키고 '지금-여기'에 인간에 대한 일말의 믿음을 꺼내 놓고 각자 기워낸 "우리"라는 풍경을 서로 봉제하자. 연즉 그것은 이기리만 덮는 극세사 이

7) 최유미, 『해러웨이, 공-산의 사유』, b, 2020.

불이 아니라, “우리”의 겨울을 따듯하게 덮는 “거대한 이불”이 될 것이다.

“눈이 많이 내리는데 세상이 금방 하얘지지는 않”(「우리가 아직일 때」)는 것처럼 쉽지 않겠지만 부단한 “우리”의 연습은 “이 사람과 나는 정말 아무것도 다르지 않다는 것을. 놀라울 정도로 닮은 생김새를 보게 되는”(「다른 모습」) 그날까지 계속되어야 한다.

당선소감

정 원

'치유하는 풍경, 분유하는 공동체(이기리론)'가 2024년도 문화일보 신춘문예 문학평론 부문에 당선되었습니다.

그러나 당선된 것은 내가 아니라 '내가 쓴 글'입니다. 나는 그저 '내가 쓴 글'을 축하합니다. 내 글에는 나의 지난(한) 날과 나를 거쳐 온 모든 당신의 지난(한) 날이 점철되어 있습니다. 이것을 축하하는 일은 곧 당신을 축하하는 일입니다. 반신반의 마음을 가지고 믿고 응원해주신 특별한 당신들께 감사드립니다. 나도 당신들이 진심을 걸고 있는 모든 일을 응원하겠습니다. 진심을 거는 '우리'는 언제나 아름답습니다.

평론의 길에 일찍 입문하게 되어 기쁨과 동시에 두려움이 있습니다. 이제 정말 상처적 체질을 피할 수 없는 몸이 되었다고 생각합니다. 겸허히 받아들이겠습니다. 누구보다 잘 앓겠습니다. 누구보다 당신의 상처를 잘 알겠습니다. 내가 쓰는 글이 가끔 울부짖는 당신을 달래는 글이 되었으면 좋겠습니다. 내 글을 읽는 당신이 자신의 마음에서 희망을 발견하셨으면 좋겠습니다. 이윽고 꽁꽁 닫혀 있던 우리(cage)를 벗어나 '지금-여기'에서 '우리(we)'가 되어주세요. 당신이 '우리'가 되어준다면 온 세상이 당신을 사랑합니다.

사람을 사랑하다가도 때로는 사람이 밉겠지만, 그때 나는 부디 글을 쓰겠습니다. 당신은 부디 내 글을 읽어주세요. 내 글은, 문학은, 당신에게 등 돌리지 않을 것입니다. 무니지지 않으셨으면 합니다. 무너지더라도 다시 건설하십시오. 문학이 당신이 사람에 대한 사랑을 포기하지 않는 이유가 되었으면 합니다. 사랑받기 위해 태어난 당신을 위해 기꺼이 사랑하겠습니다. 나는 준비하겠습니다. 당신을 쓰기 위해 준비하겠습니다. 진심을 다해 바라옵건데 꽝꽝 빛나는 자신을 발견하십시오.

아무도 호명하지 않은 이유는 모든 당신을 호명하기 위함입니다.

이 글이 짧은 이유는 너무 길기 때문입니다.

나를 문학의 길로 이끌어 주신 故이동화 선생님께 이 글을 올립니다.

이상, 정원(情願)하는 글로 정진하겠습니다.

감사합니다.

문화일보 – 심사평

올해 문화일보 신춘문예 평론 부문 응모작은 총 12편이었다. 예년보다 적었으나 심사가 쉽지는 않았는데, 그중 미련 없이 손에서 내려놓을 만한 글은 단 한 편 정도였기 때문이다. 문학평론의 대중적 인기가 줄어들고 있다는 것은 이미 다들 알고 있는 사실이지만, 대신 절실하게 문학평론을 하고 싶은 이들은 여전히 존재하고 또 치열하게 읽고 쓰고 있음을 확인할 수 있어 기뻤다.

예상했던 대로, 우선 '비인간-객체'와의 공생 문제를 다룬 글들이 많았다. 실제로 눈앞에 닥친 기후재난의 징후들, 그리고 문학적으로도 최근 우점종의 자리를 차지하고 있는 여러 '신유물론' 계열 담론의 영향력이 커 보였다. 다른 한 편의 경향은 늘 그랬듯, 세심한 작품론 혹은 작가론에 속하는 글들이었다. 이 계열에 속한 평문들도 훌륭했다. 이미 어느 정도의 수준에 오른 작품 분석력과 문장력을 다들 갖추고 있어서 내심 아까운 글들이 많았다. 그러나 심사자 입장에서는 주로 전자의 계열에 속한 글들에 눈이 오래 머물렀는데, 그 이유가 유행 때문만은 아니었다.

신인 평론가를 뽑을 때 문장력이나 분석력 외에 항상 염두에 두는 사항 중 하나는 이 글쓴이가 현재 한국 문학장의 맥락을 잘 파악하고 있는가, 그리고 그 맥락 안에서 글을 쓰고 있는가 하는 점이다. 이는 위치 설정의 문제이기도 한데, 이제 이 글쓴이는 문학평론가로서 활동하게 될 것이고, 문학평론가란 항상 어떤 맥락과 위치 속에서만 발화하는 자이기 때문이다.

이러저러한 점들을 고려해 투고작들을 정독하고 나니 두 편의 글이 마지막까지 손에서 떠나지 않았다. '인간이 탈인간을 향할 때'와 '치유하는 풍경, 분유하는 공동체(이기리론)', 둘 중 한 편을 고르는 데 전체 심사 시간 중 반쯤이 필요했다. 선자의 장점은 먼저 최종적으로 던지고자 하는, 그리고 답하고자 하는 질문에 직핍한다는 점이었다. 그 질문은 "인간이 착취하고 배제했던 동물을 인간의 방식으로 재현하는 행위는, 인간중심주의를 벗어나자고 말하면서 오히려 강화하는 일이 아닌가?"이다. 그리고, 위 질문을 중심으로 김혜순의 시와 김보영의 장르 소설, 그리고 서이제의 소설을 나란히 탈장르적으로 논의한다. 특정 장르에 구애받지 않는 설득력 있는 논의가 인상적이었고, 가독성도 있었다.

그러나 당선작은 고심 끝에 '치유하는 풍경, 분유하는 공동체(이기리론)'로 정했다. 이 글의 가장 큰 미덕은 기본기, 즉 문장력과 작품 분석력이다. 이기리의 시를 '풍경'이라는 키워드로 변주곡처럼 차곡차곡 쌓아가며 분석해 나갈 때, 불필요한 어휘나 수사라고는 전혀 찾아볼 수 없는 간결하고도 정확한 문장들이 이어진다. 그렇다고 이 글이 이기리의 시작품들에 대한 미시적인 분석으로만 끝나는 것은 아니다. 누적된 분석을 바탕으로 이기리의 시는 어느 순간 "비인간 타자들의 전지구적 반란"과 연결된다. 분석과 주장의 적절한 결합, 평문 자체가 잘 짜인 하나의 구조물 같았다.

당선자에게 축하한다는 말, 그리고 후속작을 어서 읽고 싶다는 말을 전한다.

심사위원 : 김형중(문학평론가)

2024 서울신문 신춘문예 평론

박 민 아

1979년 경북 영천 출생
동국대학교 대학원 국어국문학과 현대문학전공 박사 수료
2024년 《서울신문》 신춘문예 평론 부문 당선
kainostypos@gmail.com

미래는 죽은 사물의 시간
– 안태운 · 황유원의 시[1)]

박 민 아

1. 멸종위기종 낭송하기

랩스 프린지 림드 청개구리(Ecnomiohyla rabborum)
브램블 케이 멜로미스(Melomys rubicola)
포오울리(Melamprosops phaeosoma)
크리스마스섬집박쥐(Pipistrellus murrayi)
콰가(Equus quagga quagga)
세실부전나비(Glaucopsyche xerces)

---

1) 안태운의 시는 시집 『감은 눈이 내 얼굴을』(민음사, 2016), 『산책하는 사람에게』(문학과지성사, 2020) 외에 『시보다 2022』(문학과지성사, 2022), 『시보다 2023』(문학과지성사, 2023)에서 발표한 작품 역시 논의의 대상으로 한다. 황유원의 시는 시집 『이 왕관이 나는 마음에 드네』(현대문학, 2019), 『초자연적3D프린팅』(문학동네, 2023)에 수록된 시들을 논의 대상으로 삼는다. 이하 본문에서 시를 인용할 경우 시의 제목만 밝힌다.

스텔러바다소(Hydrodamalis gigas)

타이완구름표범(Neofelis nebulosa brachyura)

- 안태운, 「생물종 다양성 낭독용 시」 중에서

멸종위기종들을 지칭하는 아름다운 이름들. 이 호명이 꽤나 아름답고 문학적이라고 느껴진다면, 그것은 선언과 낭송의 효과이자 맹점일 것이다. 위 시에서 나열하고 있는 것들은 당연히 멸종위기에 처한 생물종의 명칭이다. 우리가 이 "절멸"의 위기에 처한 "생물들의 이름을 반복해서 되뇌"일 때, "크리스마스섬집박쥐"나 "세시루전나비"는 있지만, 당연하게도 '러브버그(Lovebug)'나 '빈대(Bedbug)' 따위는 없다. 이는 어쩌면 당연하다. 러브버그의 충격이 채 두 계절이 지나기도 전에 이번에는 빈대가 기승이고, 이 벌레들은 인간의 생활권 내에서 인간에게 직접적으로 위해를 가하(가한다고 여겨지)는 존재들이다. 때문에 인간종이 이들의 박멸을 궁리하면서 동시에 멸종을 걱정하는 일은 넌센스에 가깝다. 이 낭독의 대열에 '각다귀'나 '깔따구'가 없는 것도 어쩌면 당연하다. 그런데 각다귀 입장에서는 조금 억울한 것이, 각다귀는 모기와 비슷하게 생긴데다가 크기도 커서 '왕모기'로 종종 오해받는데, 기존 인간의 편의대로 손쉽게 구분을 해보자면 각다귀는 일단은 익충에 가깝다. 국립국어원의 표준국어대사전에서조차 각다귀를 "남의 것을 뜯어먹고 사는 사람을 비유적으로 이르는 말"로 정의하는데, 이 때문인지 흔히 고전문학에서 각다귀는 백성의 고혈을 빨아 먹는 탐관오리와 같은 부정적 대상으로 비유되어 왔다. 그런데 이를 차치하고, 어느 생물종의 유해함과 무해함을 나누는 기준이 인간에게 끼치는 영향에 불과하다면 이는 어딘가 좀 이상하지 않은가. 과거 인천 수돗물에서 발견된 깔따구 유충이 수질 오염의 지표인 것처럼 지목되었으나 실제로 깔따구 유충은 수생태계의 중요한 분해자에 해당한다. 다시 인간의 편의대로 분류를 해보자면 깔따구 역시 익충인 셈인데 여기서 다시금 제기될 수밖에 없는 중요한 질문은, 깔따구는 왜 매번 인간종에게 자신의 존재 이유를 증명해야 하는가일 것이다.[2)] 벌레는 그 개체수만으로 따지자면 실질적으로 지구를 점유하고 있는 종에 가깝다. 이 실질적 지배자들에 대한 익충 혹은 해충으로의 분류는 다분히 인간중심적이다.

위 시에서 멸종위기에 처한 보호해야 할 종들을 열거하는 '낭독'의 방식은 분명 선언적이고 아름다운 데가 있지만 이 아름다운 대열에 끼지 못한, 호명되지 못한 나머지 존재를 누락시킨다는 점에서 문제적이다. 현재 지구에는 1000조에서 1경 마리의 곤충이 존재하지만, 수십 년 안에 사라질 멸종위기종 중 절반은 곤충이 될 것으로 보인다.[3)] 이 글은 위 시에서의 선언의 정치성이나 효과, 의

2) 박현주, 「천하무적이던 곤충이 도처에서 쓰러지고 있다」, 『우리교육』, 2023년 가을, 76쪽.

3) 우리가 그 종이 존재했었다는 사실을 알아차리기도 전에 일어나는 멸종을 일컫는 용어는 '센티넬라 멸종(Centinelan Extinction)'이다. 위의 글, 77-81쪽 참조.

의를 부정하자는 것이 아니라,(최근 시인들 사이에서 릴레이처럼 수행되는) 호명과 열거의 과정에서 배제되거나 배제될 가능성이 있는 개체들을 환기하자는 의도에 가깝다. 기실 최근 안태운의 시는 세계를 구성하는 모든 생물종을 '당신'으로 호명하며 그 존재의 희미해지는 몸짓을 기억하고, 복구하고, 기록하고자 시도하면서 그 사유 대상의 범위를 확장하고 있다.(「기억 몸짓」) 그러나 여전히 인간 세계에서 '벌레 같은' 류의 비유("당신에게는 깊은 공감 능력이 결여되어 있습니다/'벌레 같은'이라는 관용구를 그 뜻도 모르면서 아무렇게나 사용하는 당신", 황유원, 「밤의 벌레들」)가 작동하는 원리를 상기해 본다면 인간이 벌레에게 빚진 바를 우리는 매 순간 의심하고 점검해야 할 것이다.

20세기 초입, 카프카의 벌레로의 변신 모티프는 꽤나 강렬해서 인간과 벌레를 둘러싼 상상력에 지대한 공헌을 한 바 있다. 이 모티프는 이후 세대의 문학에 있어서 막강한 영향력을 발휘함과 동시에 인간종과 벌레종의 교점에 관한 인간이 행할 수 있는 상상력의 방식을 사실상 결정했다고 보아도 무방할 것이다. 카프카 문학과의 상호텍스트적 접목을 자주 시도했던 김행숙의 경우 변신 모티프를 아래와 같이 전유한 바 있다.

> 벌레의 굴욕인가, 밟아도 꿈틀거리며 일어나는 휴머니즘의 진부한 레퍼토리인가. 벌레로서의 벌레는 대체 어디로 가버렸단 말인가. 55킬로그램의 인간* 그레고르 잠자는 왜소했으나, 55킬로그램의 뼈와 살과 피의 새로운 조합으로 탄생한 이 거대한 벌레 앞에

서라면 누구든지 경악의 외마디와 함께 뒷걸음질을 치다가 엉덩방아를 찧게 된다. 다시 말해 그 누구든지 우스꽝스러워지는 것이다. 당신은 지금 막 외계의 생명체를 본 것이다. 당신은 온 우주에 뉴스를 전파하고 싶지만, 공포와 흥분으로 전신이 떨리고 특히 턱이 빠질 듯이 달달달달 떨리게 된다.

나는 완벽한 벌레의 꿈이다.

*55kg은 1920년 7월 29일 자 카프카의 몸무게다. (…)

- 김행숙, 「변신」(『무슨 심부름을 가는 길이니』) 부분

위 시에서는 카프카의 소설 속 그레고르 잠자가 결국 벌레로서 비극적인 생을 마감할 수밖에 없었던 결말을 전복시켜 크기가 줄어들지 않은 "55킬로그램의" "거대한" 벌레가 오히려 가족을 내쫓고 공간을 점유하는 모습을 보여준다. 카프카적 사건 혹은 계기랄 수 있는 인간종의 벌레종으로의 '변신'은 이 시에서 오히려 세계의 질서를 재편하고자 하는 데에 기여하는 물질적 작용으로 전환된다. 이 시에서 벌레의 행위는 들뢰즈-가타리적인 '동물-되기', 즉 '탈영토화'의 가능성에 대한 사유 방식으로 대입해 읽어도 무리가 없다. 하지만 이 지극히 인간적인, '인간화된 벌레'는 인간이 도달할 수 있는 최대치까지 멀리 가는 데에는 성공했을지 몰라도, 그 과정에서 진짜 '벌레'는 실종했다. 그리고 벌레 덕분에 인간은 한

없이 자유로워졌지만 비인간으로서의 벌레는 여전히 너무나 인간적인 영역에 머물러 있다.

인간종에게 해악을 끼치는 해충을 박멸하자는 입장이나 인간에게 주는 효용을 고려하여 적절히 잘 이용하자는 입장 모두 곤충 입장에서는 같은 결과가 예고되어 있다.[4] 곤충종에 대한 인간의 기대와 혐오라는 상이한 정동은 모두 곤충의 입장에서는 그 개체의 죽음이라는 같은 결과를 낳는다. 어떤 개체에 대한 이 도구적 쓰임은 한편으로 근대적 인간에 대한 회고, 자기 생산물로부터의 고립을 초래했던 어떤 소외를 연상시킨다. 그러니까 이 곤충들은 자기 자신으로부터 충분히 소외되어 있는 것이다. 그렇다면 우리는 이 소외되어 있는 벌레종에 대해 무엇을 알 수 있고, 또 알아야 할까. 낭송은 아름답고 낭독은 선언적이지만 이는 다시 존재들의 경계를 부각시킨다는 측면에서 한계가 있다. 때문에 이것만으로는 무언가 부족하다.

2. 개미와 여치의 음악성에 대해서라면,

황유원은 뭘 좀 아는 것이 틀림없다. 그리고 황유원은 꽤나 전문

4) 뉴질랜드 한 대학 식품 과학 연구팀은 최근 곤충이 식품 공급원으로 적합하다는 연구 결과를 내놓았다.「곤충, 단백질 함량이, 소고기, 닭고기보다 높아…」,『나침반 36.5도』, ㈜삼십육점오커뮤니케이션즈, 2023년 9월호, 104쪽.

적으로 이를 향유할 줄 안다. 유해와 무해라는 인간의 기준을 잠시 접어두고, 이들이 내는 소리에 집중해 보자. 인간의 어떤 의지는 때로 어떤 생물종에게 유해하다. 인간의 아무 의지도 개입시키지 않고 소리의 배치에 주목해 보면,

> 슬플 때 슬퍼할 줄 알고
> 기쁠 때 기뻐할 줄 아는 사람이라면 누구나
> 비록 사람이 아닐지라도
> 개미에게는 개미의 블루스를
> 여치에게는 여치의 블루스를
>
> – 황유원, 「블루스를 부를 권리」 부분

쇤베르크 이래로 '소음'으로 여겨졌던 불협화음이 자유를 얻으면서 이후 '소음' 자체가 음악의 중심에 자리하게 된 것이 이상하지 않은 일이 되었다. 심지어 존 케이지는 "4분 33초"의 침묵 역시 음악이 될 수 있음을 알려주기도 했다. 소음으로 치부되어 오던 것들이 음악이 될 수 있는 가능성은 이후 피에르 셰페르에 이르러 더욱 구체화 되기도 한다. 기존 음악에서 노이즈는 제거의 대상이었지만 셰페르는 소음 자체를 음악의 재료로 활용한 것이다.[5]

---

5) 신예슬, 『음악의 사물들:악보, 자동 악기, 음반』, 작업실유령, 2019, 179-185쪽 참조.

그러나 이는 여전히 인간-청자를 기준으로 한다. 우리는 인간에게 인간의 언어 및 인간의 음악이 있는 것처럼 다른 종들에게도 그들의 언어와 음악이 있을 수 있다는 것을 안다. 그러나 한여름 매미의 노이즈가 인간의 귀에 음악으로 들리지 않는 것은 자명한 일이다. 청각적 신호를 통해 보이지도 않는 상대에게 보내는 메시지, 황유원은 그것이 개미의 블루스가 아닐 이유가 없다고 생각한다.

당연하게도 인간의 거주 공간은 무균실이 아니다. 코로나19 이후 인간의 몸은 근대적 의미에서의 봉쇄된 육체가 아니라 세계와 환경에 영향을 주고 받을 수밖에 없는, 봉쇄가 해제된 몸이라는 인식이 지배적이다.[6] 이러한 존재들의 열림과 마주침, 얽힘에 대한 사유는 이 수많은 존재들의 배치에도 관심을 가질 수밖에 없게 만들었다. 생물종의 고정된 경계가 없고 만들어지고 있는 중이라는 애나 칭의 주장은 때문에 꽤나 설득력 있다.[7]

황유원은 「밤의 벌레들」에서 인간이 불을 켜는 사건을 일으키기 전에 그 공간을 구성하고 있었을 배치를 상상한다. 가령 "당신이 불을 켜기 전" "벌레들"은 "어둠" 속에서 "얼마나 아늑하고 그윽한" 자유를 만끽하고 있었을지, "당신이 불을 켜기 전" "벌레들"이 "얼마나 천천히" "얼마나 우아하게 이 욕실 바닥 위를 기어다니고 있었"을지, "세상 편안한 마음으로 스멀스멀 기어다니고 있었을" 벌

6) 김홍중, 「코로나19와 사회이론: 바이러스, 사회적 거리두기, 비말을 중심으로」, 『한국사회학』 제54집 제3호, 한국사회학회, 2020, 177-180쪽 참조.

7) 애나 로웬하웁트 칭, 『세계 끝의 버섯』, 노고운 옮김, 현실문화, 2023.

레들의 평화로운 배치가 깨지는 건, 단지 인간이 그 공간에 불을 켜는 것만으로도 발생 가능한 일임을 상기시킨다. 우리는 세계와 회통하고 있으므로 서로의 배치에 얼마간의 방해와 간섭이 일어나는 것은 자연스러운 일이다. 그러나 이 시가 환기하는 것은 타자의 갑작스러운 침입에 대한 벌레의 생경한 낯섦이라는 감각에 대해 우리가 그간 얼마나 무심 혹은 무지했는지에 대한 각성이다. 하지만 이때 경계해야 할 것은 타자를 이해하기 위해 동원되는 수단 역시 인간의 감각이나 사유체계 내에서만 비롯되고 있다는 한계에 대한 자각일 것이고, 이를 번역하는 과정에서 타자의 감정이나 감각을 익숙한 인간의 언어로 치환하고 있다는 것, 때문에 비인간에 대해 인간화된 관점을 투영할 우려에 대해서도 역시 신중을 기해야 할 것이다. 이때 환원된 것이 개념 자체인지, 아니면 비인간의 행위성을 적극적으로 발견하기 위한 재현인지에 대해서는 숙고가 필요하다. 이 시에서 인간화된 생경함과 놀라움이 벌레 입장으로 치환된 것은 평화로운 배치 상태를 깨는 인간의 침입이라는 의미를 구체화하기 위한 설정으로 볼 수 있다. 하지만 여전히 블루스를 즐기는 개미와 여치는 너무나 인간적이다.

인아영은 인간과 비인간의 신비화되지 않은 조우로서 유계영의 시 「두고 왔다는 생각」을 사례로 든다. 이 시에서 개는 세계의 표면과 이면의 차이에 몰입해 있는, 사색하는 철학자로 그려지고 있으며 이는 '나'의 생각과 공명한다. 이때 종 차별주의의 핵심적인 기준인 '이성적인 사고 능력'을 유계영 시의 '사색하는 개'가 갖추게 되면서 인간과 동물의 경계를 모호하게 만들고 있다는 것이다. "저수지가 보이는 카페"에서 각자의 "생각에 도취되어 있"(「두고 왔다는 생각」)는 사람과 개는 "애정의 경제로 묶여 있지 않으며, 섣부른 접촉으로 서로의 세계를 침범하지" 않으면서 "고요하게 지켜주고 있다." 이런 점에서 인간과 비인간의 구별이 의미 없어지며, 인간과 비인간이라는 대립 역시 긴장을 잃는다고 인아영은 주장한다.[8] 그런데 이 "저수지가 보이는" 카페는 물어볼 것도 없이 반려견 입장이 가능한 카페여야 할 것이며, 이 카페에 입장하는 순간 개는 카페의 규율에 내재(종속)된다. 개와 인간이 '사색'을 공유한다는 점에서 종 차이가 쉽게 무화될 수 있는 것인지와는 별개로 이때 인간의 지위 혹은 동일한 타자의 지위를 획득하는 데에 기여했던 개의 '사색'이 과연 개의 고유한 특성이자, 개의 일, 그러니까 개가 해야 할 일인 것일까. 애나 칭은 인간과 유기체와의 배치와 상호작용에 주의를 기울이면서, 대부분의 동물 연구에서 "그들(비인간-인용자)이 인간과 동등한 자질(의식하는 주체로서, 의도를 지닌 의사소통자로서, 또는 윤리적 주체로서)이 있음을 보일 필요가" 있어 왔음을 지적한 바 있다.[9] 개에 대한 애정과는 별개로 개가 인간적인 사색을 거듭하는 것, 개와 인간의 공생을 개를 인간화하는 방식으로 대체하는 것은 문제의 근본적 해결책이 아닐뿐더러 문제의 핵심에서도 멀어지는 방식이다.

8) 인아영, 「개와 나무와 양말과 시」, 『문학동네』, 2022년 봄호, 129쪽.

9) 애나 로웬하웁트 칭, 앞의 책, 280쪽.

3. 소진하는 인간, 공터의 흰 개

안태운의 시는 인간과 비인간이 각자의 생각에 잠겨 있다는 착각을 초래하게 만드는 이러한 연출된 상태를 문제시한다. 동물과의 공생 문제가 대두되면서 익숙하게 소비되었던 낯익은 '장면'이 어쩌면 인간의 의식화된 '풍경'의 일종일 수 있다는 것이다. 그 기획 의도에 맞는 일련의 행위들이 인간과 비인간에 의해 자연스레 수행되다가 어느 순간 문득 찾아오는 퍼포먼스의 중지는 인간화된 의도가 노출되는 지점이자 그 공허함이 발설되는 문제적 대목이 된다. 안태운은 인간과 비인간이 각자의 생각에 잠길 뿐이라는 인간-동물 간의 이상적 관계에 대한 설정 역시 인간적인 모종의 어떤 열망이 개입된 것임을 감지하고, 이 연출된 장면을 메타적 관점에서 관찰자의 시선으로 해체한다. 개의 활동 반경을 조금 넓혀 '공터'로 개를 데리고 간 안태운의 경우를 보자.

> 흰 개가 있어. 나와 함께 공터를 산책한다. 흰 개는 나의 개이자 공터의 개 그러므로 나와 함께 공터를 산책하지. 산책하며 서로 사라지기도 하지. 나는 흥얼거리며 흰 개를 두고 달렸다. 흰 개는 나를 따라 달렸다. (…) 나는 공터를 산책하고 있지. 공터를 돌면서 흥얼거린다. 공터의 흰 개, 사람들의 흰 개 그러니 나는 흰 개와 멀어져서 공터를 돌고 있다. 흰 개가 없으니 빨리 달려도 괜찮아 (…) 문득 내 뒤로 아무도 따라오지 않는 게 슬퍼졌지. 아무도 내

> 뒷모습을 바라보지 않는 게 낯설었다. 흰 개는 어디에 있나. 나는 흰 개가 있는 곳으로 돌아가고 싶어. 나를 잊었으려나. (…) 흰 개는 공터를 돌았어. 공터를 끝도 없이 돌 것처럼 돌며 돌다가 공터 밖으로 뛰어나가고 있다. 공터를 벗어나자 흰 개는 일어섰다. 일어나서 아주 천천히 걸어 나갔다.
>
> – 안태운, 「흰 개를 통해」 부분

위 시에서 공터의 개는 저수지를 바라보며 철학자의 사유를 따라가야 하는 고난을 겪고 있는 것 같지는 않다. 이 시에서 나와 흰 개는 명백히 인간과 비인간이 행할 수 있는 일련의 행위들을 행하거나 지위를 바꿔서 패러디하고 있다. 인간과 동물은 물론 개별적이고 특수한 관계를 형성하지만, '공터'라는 사회적 장으로 나왔을 때 이들은 사람과 개로서 행할 수 있는, 혹은 기대되는 코드화된 행위들을 수행하는 퍼포머가 된다. 공터에 들어서는 순간 인간과 비인간 행위자는 사회적 기대에 노출된다. 인간과 개가 행위하는 특성으로 규정지어진 이 공터는 인간과 비인간 모두에게 특정 행위만을 요청한다. 이제 '공터'는 특정 목표의 전시장이 되고 때문에 공터에서 할 일은 말 그대로 공터에서 '할 수 있는' 일밖에 없다. 이는 다시 말해 인간-비인간이 공터에서 행할 수 있는 '가능한 일'은 공터가, 혹은 공터를, '가능하게 하는 일'뿐이라는 말이다. 이것이 우리가 말하는 인간-비인간의 공생일까. 이에 대해 안태운은 아니라고 답하고 있는 듯하다.

「흰 개를 통해」의 마지막 장면에서 흰 개가 "일어나서 아주 천천히 걸어 나"가는 장면에 주목해 보자. 송현지는 이 시에 대해 "개가 누군가의 소유물이 아니라 독립적인 존재임을 드러내기 위한 우화"로서 읽을 가능성을 제시한 바 있다.[10] "흰 개가 더 이상 자신의 존엄성에 손상을 입지 않기 위한 "가장 효과적인 방식"으로서 "주어진 장소로부터 벗어나는 것"을 선택한 것"이고, "이미 세계 밖으로 사라진 비인간들은 다시 이곳으로 돌아오지 않을 것임을 안태운은 직감"했다는 것이다. 그런데 이때 자발적으로 사라질 수 있는 비인간의 거주지를 "세계 밖"으로 상정하고 있는 것은 여전히 비인간 존재의 육체나 물질성을 고려하지 않은 관념적 차원의 해방에 불과하다. 비인간은 왜 그들의 구체적 삶의 공간, 즉 주어진 장소로부터 벗어나야 하며, 이때 그들이 사라질 수 있는 세계 밖은 과연 어디인가.

> 공터를 잃었네. 있었는데. 옆 사람과 흰 개와 함께 공터 밖을 서성이고 있었는데, 공터를 잃었고 옆 사람은 회상하고 있다. 흰 개는 잃은 공터를 향해 짖고, 못내 짖다가도 지치기를, 나는 바라며 기다렸지만 이내 흰 개를 내버려둔 채 옆 사람과 함께 공터 밖을

---

10) 송현지, 「어느 순례자로부터 온 편지-안태운론」, 『2023 신춘문예 당선평론집』, 정은출판, 2023.

산책한다. 둘레의 움직임을 만들면서 걷고 걷다가 내가 바라보는 건 과거의 공터, 고개를 천천히 돌리면 옆 사람을 텅 비우는 공터, 계속 걷자 공터를 처음 잃었던 지점에 도착했는데, 흰 개는 없었다. 짖음도 없었고, 흰 개야. 아무도 없어서, 흰 개가 어디로 갔는지 물어볼 사람도 없어서 나는 흰 개마저 잃어버렸네. 옆 사람은 나를 쓰다듬었지, 상심하지 말라고, 엎드려 흰 개의 흉내를 내며.

- 안태운, 「공터를 통해」 전문

앞서 살펴본 시 「흰 개를 통해」와 위의 시 「공터를 통해」는 서로를 반영하는 관계에 놓여 있다. 이 시에서 "공터"와 "옆 사람", "흰 개", 그리고 "나"는 한 때 "있었"다는 공통적인 속성을 지닌다. 한때 "있었"으나 지금은 "잃어"버린 것들은 "공터"와 "흰 개"이고, 남겨진 것들은 "나"와 "옆 사람"이다. 그런데 공터와 흰 개를 잃어버리고 남아 있는 "옆 사람"과 "나"의 마지막 행위를 보면, "옆 사람은" "상심하지 말라고" "나를 쓰다듬"는가 싶더니, "엎드려 흰 개의 흉내를" 낸다. 앞서 옆 사람이 나를 위로하며 "쓰다듬었"기 때문에 이때 "엎드린 흰 개"를 "나"에 대입해 읽어도 어색하지 않다. 공터와 흰 개가 사라지고 남은 것은 분명 "나"와 "옆 사람"이지만 이들은 공터를 공터이게 했던 행위를 여전히 지속하고 있는 것이다. 이때 존재가 사라진 곳에서 무의미한 행위만이 부각되고 오히려 행위의 의미는 지워진다. 「흰 개를 통해」의 마지막 장면을 다시 주목해 보면, "끝도 없이 돌 것처럼 돌며 돌다가 공터 밖으로" 벗어난 "흰 개는" "일어나서 아주 천천히 걸어 나"간다. 공터가 사라지자 흰 개도 사라지고, 공터에서 벗어나자 흰 개도 흰 개의 행위를 벗어난다. 이 장면은 베케트 부조리극의 소진된 인간을 연상시킨다. 들뢰즈에 의하면 "소진된 인간은 모든 가능한 것을 소진하는 자"로서, "가능한 것을 실현하지 않고 가능한 것과 유희"하는 인물들을 가리킨다.[11] 안태운의 시는 마치 베케트 극의 인물들처럼 의미없는 행위를 돌출시키는 방식으로 공터와 인간과 비인간에게 요구되었던 행위를 점검하고 재사유하게 한다. 이 무의미한 반복은 존재가 사라진 후에도 텅 빈 행위가 지속되는 공간이 되어버린 기이한 공터의 작위성을 가시화한다. 존재는 지워지고 행위만 남아 있는 공간, 이것이 공터의 본질인 것이다. 하지만 소진하는 인간은 공터를 말 그대로 '빈' 공터의 장으로 재진입시키고 공터의 잠재적 역량을 추동한다. '가능한' 공터의 모든 것을 소진해 버림으로써 공터는 "인간 너머의 드라마가 이루어지는 장소"이자, "인간의 자만심을 해체하는" '풍경'으로 거듭난다.[12] 안태운의 시에서 소진의 의미는 결국 잠재적 공터, 무엇이 실현되기 이전의 공터, 인간과 비인간이 무엇으로 규정되기 이전의 상태, 즉 인간과 비인간의 행위를 결정

11) 질 들뢰즈, 『소진된 인간』, 이정하 옮김, 문학과지성사, 2013, 23-26쪽.

12) 애나 칭에 의하면 풍경은 역사적 행위의 배경이 아니라 그 자체로 활동적이다. "풍경이 형성되는 것을 지켜보면 세계 형성에서 인간이 살아 있는 다른 존재에 합류한다는 사실을 보게 된다." 애나 로웬하웁트 칭, 앞의 책, 271쪽.

하기 이전의 공터를 복구하려는 시도에 가깝다. 이는 어쩌면 도래할 미래를 위한 재귀적 움직임이다.

4. '공통 세계'의 주민들–듣는 법 연습하기

황유원은 「침대벌레」에서, "파리 배낭여행" 중 '나'의 피를 "빨아먹은 벌레"가 "나 없는 침대에서 배를 빵빵히 불린 채/한숨 늘어지게 자고 있을 모습"을 "자꾸 마음속에 그려"본다. 피부에 피가 날 정도로 "긁어대면서도" "너무나도 사랑스럽고 흡족한 이미지"로 침대벌레를 연상하는 '나'는 이를 루브르박물관의 온갖 명화들보다도 생생한 감각으로 느끼면서, 내 피를 먹고 배가 빵빵한 벌레의 모습을 "내 머릿속 한구석에 걸려 있"게 한다. 이 그림의 제목은 "침대벌레"이면서, 시의 제목이 되기도 한다. 벌레는 벌레의 일을, 나는 나의 일을 했다는 안도감인 것일까, 후에도 '나'는 가끔 이 기억에 숙면을 취한다. 이를 인간과 비인간의 공생이나 그 가능성으로 점치는 것은 지나친 낙관주의일지도 모른다. 그런데 '나'의 이 흡족함은 어디에서 기인한 것일까. 가령 이 흡족함이 "공통 세계"[13)]

---

13) 스티븐 샤비로는 사물들의 민주주의를 주장하는 과정에서 화이트헤드의 논의를 주요하게 끌어온다. 샤비로는 각각의 존재는 모두 "공통 세계"에 속해있으며, "사물들은 서로 구별되지만, 그런데도 여전히 그들은 모두 같은 공통 세계를 이루는 "같은 의미에서의 …요소"이다."라는 점을 강조하면서 화이트헤드와 들뢰즈를 연결하고자 한다. 스티븐 샤비로, 『사물들의 우주』, 안호성 옮김, 갈무리, 2021, 118쪽.

의 자각에 따른 것이라는 가정은 어떨까. 배부른 벌레의 휴식과 그에 대한 나의 이상하리만치 계속되는 연상을 인간과 비인간종의 필연적인 마주침의 흔적 정도로 볼 수 있다면, 공통 세계에서 인간과 비인간은 결국 무균실의 존재가 아니라 서로 교차하고, 서로를 침범하면서 같은 공통 세계를 이루는 하나의 요소들인 것이다. 앞서 보았던 「밤의 벌레들」의 후반부를 '밤의 풍경들'로 치환해서 다시 읽어 보자.

> 자, 다시 한번 잘 생각해봅시다/당신이 불을 켜기 전 벌레들을 뒤에서/옆에서 앞에서/감싸고 있던 그/그윽한 고독과 어둠을/그 어둠의 우월함에 대해 한번 말입니다/(…)/당신은 거실에서 혼자 눈감고 음악을 듣고 있었는데/(…)/사라지는 음악을 두 손으로 움켜잡아 보지만/그 음악은 이미 찬바람의 손에 잡혀 갈가리/찢겨진 후……/(…)/그러니 한번 두눈을 감고/이미 다 사라져버린 벌레들을 마음속으로 뒤쫓아가/그 단단한 껍질 속으로 들어가봅시다/벌레가 되어/벌레의 절망감을 조금이나마 나눠 가져봅시다/벌레의 내장 깊은 곳에 조금은 남아 있을 어둠을 찾아/그 속에 들어앉아/아직 채 가라앉지 않은 떨림 속에서/아까 듣던 그 음악을/계속/이어서 들어봅시다
>
> - 황유원, 「밤의 벌레들」 부분

황유원은 불의의 습격을 당한 벌레의 황망함을 인간의 입장에 대입해 보기를 권한다. "어둠 속 고독"의 상태에서 밥 대신 깨끗한 음악을 즐기고 있는 순간 찾아온 느닷없는 침입이 무엇보다 문제적인 것은, 두 손으로 움켜잡을 수도 없이 "갈가리" 찢겨지고, "사라지는 음악"에 대해 벌레로서는 어쩔 도리가 없다는 것이다. 황유원은 그러니 이에 대해 다시 "생각해" 보자고, "깊이 공감해" 보자고 권하고 있는 것이다. "벌레가 되어", 벌레가 처한 사태를, "벌레의 절망감"을 "나눠 가"지고, 아직 소멸하지 않았을 벌레의 어둠과 고독과, "떨림 속에서" "듣던 그 음악"을, "이어서 들어" 보자는 것이다. 인간과 벌레는 결국 일정한 공간을 공유해야 하는 공통 세계의 주민들이다. 공통 세계의 존재들은 서로의 존재 방식을 방해하거나 협력하면서 지내왔고, 또 어떤 존재들은 자신들이 같은 장소에 있다는 사실을 이제 막 인지하게 되었을 수도 있다. '배치'가 "존재하는 방식이 모인 것"[14]이라면, 이 시에서의 '밤의 배치들'에는 벌레뿐만이 아니라, 불을 켠 "당신"은 물론, 이 사태를 전달하는 화자까지 관여하게 된 셈이다. 결국 이들은 서로의 주거지를 조금씩 침범하면서, 또 조금씩 오염시키면서 '배치'를 이루게 되는 것이다. 이때 존재들은 복수의 리듬과 존재 방식을 형성한다. 존재들이 일으키는 각자의 리듬과 각자의 음악은 얼핏 불협화음처럼 들릴 수 있겠으나, 이 "다운율의 배치를 연구"함으로써 배치를 "거주

14) 애나 로웬하웁트 칭, 앞의 책, 58쪽 각주.

적합성의 공연"으로 인식하는 것도 얼마든지 가능하다.[15] 쇤베르크는 흔히 다성 음악을 지칭하는 '폴리포니'(polyphony)의 원리에서 화성법의 해방을 발견하고자 했다. 이는 관습적 화음의 폐기가 동반되어야 가능한데, 이때 '불협화음'이 많으면 많을수록 그 화음은 더욱더 '폴리포니적'이 된다.[16] 방금 떠난 벌레의 "떨림"을 잊지 않고, 벌레가 들었을 음악을 "이어서" 들어보자는 제안은 각자의 음악과, 복수의 음악이 일으키는 불협화음에 귀를 기울이면서, 또 조율해 가면서 밤의 배치를 이해해 보고자 하는 시도에 가깝다. 따라서 우리는 이제 무엇보다 "듣는 법을 연습"[17]해야 한다.

5. 나의 과거가 아닌 '너의 미래'

"안데스 산맥에서 케추아어를 말하는 사람들"은 "과거란 우리가 아는 것이므로, 볼 수 있고, 따라서 앞에, 바로 코앞에 놓여 있는

---

15) 위의 책, 279쪽.

16) Th. W. 아도르노, 『신음악의 철학』, 문병호 · 김방현 옮김, 세창출판사, 2012, 96-97쪽 참조.

17) 애나 칭은 "통일된 화음"과는 반대되는 개념인 다운율에 대해 다음과 같이 설명한다. "다운율을 이해하려면 각각의 선율을 따로 듣고 그 선율들이 예상하지 못한 순간에 화음이나 불협화음으로 합쳐지는 것 또한 모두 들어야 한다. 바로 이러한 방식처럼, 우리는 배치를 이해하기 위해 배치가 존재하는 개별 방식을 주시함과 동시에 산발적이지만 그 결과로 발생하는 조율을 통해 그 선율들이 어떻게 합쳐지는지 주의를 기울여야 한다. (…) 이제 이러한 방식으로 듣는 법을 연습하고자 한다.", 애나 로웬하웁트 칭, 앞의 책, 280쪽.

것"으로, "미래는 뒤에 놓여 있"는 것으로 여긴다.[18] 이는 인간의 오래된 관습적 시간관을 뒤집는 측면이 있는데, 우리는 이를 통해 과거-현재-미래의 작동 방식이 고정된 것이 아니고 인간의 인식 체계나 방법에 의해 변화할 수 있는 유동적인 것임을 알 수 있다.

> 놀라워, 내가 느낄 수 있다는 것/어느 가을, 당신은 계속 자라나고 있었다/(…)/어느 여름, 조카가 생기고 나서는 버스를 타고 가는 중 학생을 보며 그는 내 과거가 아니라 조카의 미래라고 문득 여겨졌고/(…)/어느 봄, 옛 기억 속 장면에서는 나를 삼인칭으로 인식하게 되고/어느 여름, 끝말잇기를 하는 인간/아이의 냄새를 맡는다.아이가 냄새를 맡는다/어느 가을, 반딧불이와 노루와 버들치를 알았다/어느 겨울, 사슴벌레와 망초와 물범을 알았다/(…)/모르는 것이 많았다/몸짓들/다르고 같다는 걸 알았다/같고 다르다는 걸 알았다/기억 속에서 어느 날 우리가 여럿이라는 사실을 깨닫게 되었다/잠들고 꿈꾸고 깨어나는 우리가 여럿이라고 생각하니/드넓어지는 마음을 알아챘다/우리가 여럿이어서 할 수 있는 걸 하기로 다짐했다/우리가 여럿이라 슬펐다 기뻤다 하염없었다/그것/흐르는 강물/둘레/산란과 예감/탄성/감각들/우연/시간이 흐르고 있다/시간이 흐른다 되돌아온다/기척이 스민다
>
> \- 안태운, 「기억 몸짓」 부분

18) 어슐러 K.르 귄, 『세상 끝에서 춤추다』, 이수현 옮김, 황금가지, 2021, 250-251쪽.

'나'는 나의 과거와 유사한 기억 혹은 장면과 대면하지만 아이를 알고부터는 그것이 나의 과거가 아닌 아이의 미래로 대체된다. 세계의 중심에 아이가 자리하면서부터 "기억 속 장면"에서 '나'는 "삼인칭으로 인식"되고, 미래의 모든 계절은 아이의 시간, 아이의 감각에 의존하게 된다. 미래의 아이는 "어느 가을" "반딧불이와 노루와 버들치"를, "어느 겨울"에는, "사슴벌레와 망초와 물범을 알"아 간다. 이에 더해 계절이 바뀔 때마다 아이는 자신을 둘러싼 공통 세계의 "존재"들을 알아갈 것이다. "모르는 것이" 더 많은 존재들의 "다르고" 또 같은 "몸짓들", "같고"도 다른 "우리가 여럿이라는 사실", "잠들고 꿈꾸고 깨어나는 우리가 여럿"이라는 사실, 때문에 "우리는" "우리가 여럿이어서 할 수 있는 걸 하기로 다짐"할 수 있고, "여럿이라 슬펐다 기뻤다"하는 그 마음은 "하염없"다. 분명 안태운의 "시간"은 "흐르고 있"다. 안태운은 시간의 운동성, 즉 "시간이 흐른다"라는 사실을 의심하지 않는다. 하지만 흘러간 시간은 반드시 "되돌아온다", 기억과 함께. 이처럼 안태운이 그리는 미래는 어딘가 재귀적이다.

> 돌은 걸어갔다, 물론 어느 식당에서건 떠나서. 풍경을 보면서는 순간마다 무언가가 옆에 있다고 깊이 지각할 수 있었는데, 그것들이 귀여워 보였다. 그래서 말 걸고 싶기도 했다. 그중 척삭동물문이며 조강인 까치가 마음에 남아 말 걸고 싶었다. 으흠, 흐음. 까치의 부리와 발가락이 귀여워서 오랫동안 바라보았다. 이윽고 돌은

생각했다. 그 부리와 발가락을 쥘 수 있을까. 하지만 이내 고개를 저으며 곧바로 놔줘야지, 하고 혼잣말했는데…… 기억하는 게 미래 같았다.

- 안태운, 「돌과 구름」 부분

미래는 '추측'을 통해 현재에 들어온다. 시간의 이러한 사유 방식은 추측된 미래를 위해 기꺼이 나의 현재를 재구성하는 방향으로 흘러가게 한다. 미래는 되돌아와 나에게 영향을 준다. 안태운은 이 "살아있는 미래"[19]를 자신을 구성하는 모든 세계와 함께 나눌 준비를 하고 있다. "돌"로서 사유하고, '풍경'을 인식하고, 공통 세계의 주민들을 "귀여워" 하면서, "말 걸고 싶"어 하면서, "오랫동안 바라"본다. 하지만 의도적인 접촉은 '생각'만으로 접어두고, 이 모든 일련의 행위들을 "미래"로서 "기억"한다. 이것이 안태운이 나의 과거가 아닌 '너의 미래'로서의 "미래"를 기꺼이 증식시키고자 하는 방법이다.

콘에 의하면 '미래'는 어쩌면 살아남는다는 것(to survive)이면서, 생명을 넘어서는 것, 혹은 삶을 넘어서는 어떤 것(super+vivre)이기

19) 에두아르도 콘, 『숲은 생각한다』, 차은정 옮김, 사월의책, 2018, 331쪽. 콘은 생명과 미래 사이에 존재하는 관계성을 퍼스의 "살아있는 미래" 개념에서 끌어와 사유한다. '미래'에 관한 논의 중 일부는 이 책의 6장 「살아있는 미래(그리고 죽은 자의 가늠할 수 없는 무게)」를 참조했다.

도 하다. 또한 미래에 살아남는다는 것은 수많은 부재와 관계하는 것, 즉 다른 죽음, 다른 사건 이후에도 계속 살아가는 것을 의미한다.[20] 시인은 미래의 '죽은 사물'이 될 시를 현재의 지평에서 생성한다. 이 '죽은 사물'은 시가 끝나도 계속 날아간다. 어쩌면 시가 내재한 뜻밖의 물질성은 미래를 위한 새로운 경로를 만들어 낼지도 모른다.("나는 그만 이 시를 끝내지만/이 시는 끝나고도 계속 날아가고 있다/밤의 행글라이더는 밤의 행글라이더", 황유원, 「밤의 행글라이더」)

20) 위의 책, 370-373쪽.

당선소감

박 민 아

안태운, 황유원 시인 두 분께 가장 먼저 감사의 말씀을 드려야 할 것 같습니다. 제 글이 얼마간의 오독을 겸하고 있다면 그 또한 비평의 한 가능성임을 넓은 아량으로 이해해 주시리라 믿습니다. 늘 작품에 빚지는 마음으로, 지금 필요한 비평을 쓰겠습니다. 부족한 글을 심사해 주신 두 분의 심사위원 선생님께도 감사드립니다.

사랑하는 가족들, 믿고 기다려주어서 고맙습니다. 비평을 시작하게 해주신 김춘식 선생님, 엄정한 비평적 태도를 가르쳐주신 황종연 선생님, 비평 종합선물세트를 선사해주신 강지희 선생님께 깊이 감사드립니다. 아울러 함께 공부하는 기쁨을 알게 해준 세영, 슬미, 의정, 하정, 윤기 선생님을 비롯한 동료 선생님들께도 감사드립니다. 늘 제 생존 여부를 염려하고 확인해 주는 윤유나, 유용한 해석적 팁을 선뜻 건네주신 안태운 시인, 고맙습니다. 멀리서 힘이 되어 준 효정, 일초에게도 우정과 사랑을 보냅니다.

생존과 멸종. 떨어져 있는 단어인 것 같지만 실상 두 단어는 겹쳐져 있는 관계일지도 모르겠습니다. 극단적인 두 단어가 어쩌면 우리의 생각보다 더 밀착되어 있고, 그 경계 역시 눈에 보이지 않는 찰나적인 무엇은 아닐지도요. 때문에 생존과 멸종을 함께 고민하는 일은 아이러니가 아니라 지극한 현실일지도 모르겠습니다. 모든 존재들의 동등한 객체적 지위에 겸허함을 지녀야 한다고 여기면서도, 그럼에도 불구하고 만약 멸종에 앞장서지 않는 인간다운 영역의 무엇이 있다면, 그 무엇을 의심하고 발견하고 기입해 나가는 일의 가치를 찾아보겠습니다. 인간의 보편적 규범과 체계에 함량 미달의 삶을 살아온 제가 좋은 분들의 선한 영향력으로 그 가치와 의미를 이제 하나씩 배워갑니다. 단지 과거의 것이 아니라, 사라져가고 있기에 외려 귀한 영역의 것들이 있다는 마땅한 사실도요. 저에게 친절과 호의를 베풀어 주신 모든 분들께 감사의 말씀을 전합니다.

2024 세계일보 신춘문예 평론

김 유 림

1964년 강원도 출생
단국대 대학원 문예창작학과 석사과정 수료
2024년 《세계일보》 신춘문예 문학평론 부문 당선
lilyeun2002@naver.com

모빌리티 사회, 인간과 기계의 공-진화
– 김숨론 『떠도는 땅』

김 유 림

1. 떠도는 인간, 공유지의 딜레마

태생적으로 떠나야 할 운명을 타고난 사람들이 있다. 그들이 첫발을 디딘 자리는 허공이다. 허공에 뿌리내려 방향 없이 흔들리는 사람들은 자신들이 어디로 가고 있는지, 이동 여정이 얼마나 걸리는지조차 헤아리지 못한다. 어쩌면 영원히 목적지에 도착하지 못하고 부유하는 존재로 이 세계에 남게 될지도 모른다. 우리가 인간인가요? 그들의 질문은 땅에 도달하기 어렵다. 자본과 권력이 잠식한 세계는 떠도는 질문에 둔감하다. 김숨 소설 『떠도는 땅』은 '사이 공간'에 부유하는 자들의 목소리를 현실 세계로 호출하는 이동 매체의 한 양식이다.

모빌리티(mobility)[1)]는 이동이 활발한 현대사회의 현상에서 태동

1) 모빌리티 이론은 영국의 사회학자 존 어리(1946-2016)가 주창한 개념이다. 그는 사

한 개념으로 일차적 의미는'이동'이다. 이동은 물리적으로 공간과 장소를 매개하는 특성상 사회의 다층적인 문제와 연관성을 갖는다. 존 어리(John Urry)는 모빌리티가 경제적, 사회적, 정치적 실천 인프라와 이데올로기의 집합이며 계급, 젠더, 민족, 국민, 연령에 따른 사회적 결속과 같은 문제와 강요된 정착과 강제적 이동까지 복잡한 맥락으로 얽혀 있다고 진단한다.[2] 이는 이동이 일반화된 현대사회에서 모빌리티가 단순히 물리적인 이동이나 이주의 함의를 넘어 사회의 다양한 관계와 의미, 그리고 실천적인 문제를 포괄하고 있다는 뜻이다. 지그문트 바우만(Zygmunt Bauman)은 현대사회의 모빌리티 현상을 유동성 공포로 인식한다.[3] '고-모빌리티' 시대 글로벌리즘은 자본의 불균형을 초래했으며 전쟁, 테러, 범죄, 폭력을 양산했다. 국가 재난으로 떠돌 수밖에 없는 사람들에게 중요한 문제는 이동 권리 박탈이다. 특히 대규모 인구의 집단 이동을 제한하거나 이동을 강제하는 사례는 사회 집단공동체의 삶에 커다란 파장을 일으킨다. 과거 역사를 볼 때 주로 전쟁 동원, 식민 약탈 디아스포라 집단의 추방에서 피해가 발생했다. 비단 과거뿐만 아니라 현대사회에서도 전쟁에 인적 자원을 동원하거나 난민을 구금하고 추방하는 사례는 빈번하다. 우크라이나와 러시아, 이스라엘과 팔

회지리학과 기계, 기술적 의미에 한정된 모빌리티를 인문학과 접목하여 초분과 학문으로 지평을 넓히는 데 일조하였다.

2) 존 어리, 김태한 역, 『모빌리티』, 앨피, 2022, 44-46쪽.

3) 지그문트 바우만, 안상석 역, 『모두스 비벤디』, 후마니타스, 2010, 15-20쪽.

레스타인 전쟁은 현재진행형이며, 전쟁 난민은 이동, 또는 이주를 감행하다 죽임을 당하거나 추방당한다. 모빌리티 권리는 일부 특권층에 편중되어 있다. 상대적 약자는 이동 권리를 보장받지 못하고 벌거벗은 생명으로 떠돈다.

난민을 포함하여 경제 취약 계층에게 이동은 생존의 문제다. 모빌리티 자유 박탈은 생명을 빼앗겠다는 의미와 같다. 이른바'새모빌리티 패러다임'은 과거 이동의 비극이 남긴 잘못된 역사, 관행을 바로잡아 새로운 미래를 지향하자는 것이다. 존 어리의 사유를 직관할 때, 새모빌리티 패러다임은 근대국민/민족국가 담론에 이의 제기이며 질 들뢰즈(Gilles Deleuze)와 펠릭스 가타리(Felix Guattari)의 유목주의와 상응한다.[4] 정체(停滯)는 없고 오직 창조와 변형의 과정만 존재한다는 유목 사유는[5] 예술의 본질이다. 인간과 기계(사물)의 '공-진화' 관점은 이동성이 범람하는 현대사회와 포스트휴먼 시대의 본질을 들여다보는 창구가 될 것이다.

『떠도는 땅』은 리얼리즘 재현 문학으로 집단 이동의 비극이 남긴 민족 수난사를 다룬다. 일제강점기를 전후하여 러시아로 이주한 조선인들은 하루아침에 생활 터전을 빼앗기고 추방당한다. 등장인물 27명은 경제 취약계층으로 '이동적 삶'이 몸에 밴 존재다. 그들은 생계 위기를 모면하기 위해 러시아 국경을 넘는다. 희망을 품고 이주한

4) 존 어리, 앞의 책, 68쪽.

5) 들뢰즈, 가타리, 김재인 역, 『천개의 고원』, 새물결, 2003.

사람들은 러시아에 도착 후에도 각지를 떠돌며 소작농, 지게꾼, 어부로 전전한다. 맨손으로 버려진 땅, 불모지를 개척하여 어렵게 삶의 터전을 마련하였으나 러시아 정부는 징벌적 세금부과 토지 소유 제한 등의 차별 정책을 시행한다. 한인들은 정부의 부당한 조치를 감내하며 러시아 사회에 정착하기 위해 노력하지만, 정착의 꿈은 이루지 못한다.

금실은 다섯 살 때 아버지 길동수를 따라 러시아 국경을 넘는다. 한인들을 일본 첩자로 몰아가는 러시아 사회 분위기에 라즈돌나야강 주변에서 12년 동안 은둔생활 하다 17살 되던 해 블라디보스토크로 거처를 옮긴다. 이후 금실은 근석과 결혼하여 신한촌(러시아 한인 집단거주지)에 정착한다. 근석은 봇짐장수로 간도, 연해주, 만주 일대 접경지를 떠돈다. 금실은 한곳에 정착하기를 원하지만, 근석은 떠도는 삶을 고집한다.

> "난 땅에 얽매이고 싶지 않아. 땅은 인간을 노예로 만들지."(…)
> "땅! 땅에 화가나!" (102쪽)

땅에 얽매여 사는 삶은 육체를 타고난 존재자의 숙명이다. 땅에 화가 난다는 근석의 진술은 디아스포라의 영원한 타자성에서 기인한다. 근석은 한인 2세로 조선말보다 러시아어를 유창하게 구사하고 그 사회 문화가 익숙한 사람이었으나 러시아인으로 인정받지 못하고 차별적 대상자가 된다. 더구나 소비에트 정부의 콜호스

(집단 농장 체제) 도입으로 땅의 개인소유는 불가능해졌다. 공유지의 비극은 모두에게 접근을 허용하는 것이 아니라 일부가 이를 전유하고 다른 사람들이 공동으로 가진 권리를 부정하기 때문에 발생한다.[6] 근석은 누구보다도 정착 욕망이 강했으나 민족 차별, 인종 차별의 벽을 넘지 못한다. 근석의 정착을 가로막는 요인은 영토를 토대로 생성된 국민/국가라는 본질주의다. 땅은 자연을 포함한 생명체를 가진 모든 존재가 누려야 할 공공의 자산임에도 불구하고 국가 권력이 전유물로 취급하면서 불평등의 산물이 된다.

근석이 장사를 떠난 후 추방 명령이 내렸고 부부는 영영 생이별한다. 금실은 만삭의 몸으로 친정아버지 길동수, 시어머니 소덕과 함께 이주 열차에 올랐으나 뿔뿔이 흩어져 생사조차 알지 못한다. 강제 추방은 가족 이산, 민족 이산의 비극으로 남았다.

황 노인은 열다섯에 국경을 넘는다. 넓은 땅에 미래 희망을 걸었고 홀로 러시아로 이주하여 북간도 일대를 떠돈다. '백두산 아래 내두산, 연길, 안도현, 용정, 왕청현, 도문, 훈춘을 돌아 무작정 흘러든 곳이 러시아 그레데코보'이다. 근근이 돈을 모아 신민증을 얻었고 블라디보스토크, 하코다테, 페트로파블롭스크 항구를 지나 캄차카 어장에서 연어잡이 어부로 생계를 이어간다. 각지를 전전하다 신한촌에 정착하지만, 강제 이주 명령을 받고 다시 '뿌리 뽑힌 존재'가 된다.

6) 미미 셸러, 최영석 역, 『모빌리티 정의』, 앨피, 2019, 16쪽.

“흘러가는 건 구름이 아니라 땅…… 그때 내 나이가 아홉 살, 아버지하고 밭을 갈고 있는데 땅이 흔들렸어. 아버지도, 나도 맨발이었어. ‘아버지, 땅이 흔들려요.’(…) 아버지가 말했지.‘두더지가 땅 밑으로 지나가서 그렇다.’ 땅이 계속 흔들렸어…….”(159쪽)

황 노인이 아홉 살에 ‘흘러가는 건 구름이 아니라 땅’이라고 지각한 것은 그가 태생부터 경제적 약자라는 의미를 내포한다. 땅의 흔들림이 뜻하는 바는 첫째, 일평생 떠돌며 살 황 노인의 운명이다. 둘째, 소작농의 아들로 태어나 일평생 소작농으로 살아야 하는 취약계층의 불안정한 삶의 메타포다. 그를 떠돌이 삶으로 내몬 요인은 조선의 식민지, 가난의 대물림, 생계 위기이다. 황 노인은 고향 가까운 신한촌에 묻히기를 바랐으나 죽음을 목전에 두고 강제로 열차에 실렸다. 그는 기차를 타고 이동 중에 정신이 혼미해져 삶과 죽음의 경계를 수시로 넘나든다. 사경을 헤매면서도 노인의 의식을 사로잡고 있는 것은 땅이다.

“황 노인은 눈을 뜬 채 꿈을 꾼다. 그는 땅 위에 홀로 누워있다.”

임자 없는 땅이야…….

그는 자신의 손가락이라도 부러뜨려 그것으로 땅에 울타리를 치고 싶다. 평생 임자 없는 땅을 찾아 떠돌다 마침내 땅을 찾았는데 손가락 하나 자신의 의지대로 까닥일 수 없다.

‘내 땅이야, 내 땅!’ (160-161쪽)

러시아인들이 거들떠보지 않는 돌과 자갈로 뒤덮인 땅은 조선인들에게 희망이었다. 그들이 맨손으로 개척한 불모지는 '내 땅'이었으나 결론은 러시아 영토에 불과했다. 국가는 영토의 지배력을 행사하는 관념적 권력으로 초월 법적 대상이다. 국가 제도에 예속된 개인은 소유권뿐만 아니라 일시적 점유권마저도 주권 권력의 승인을 받아야 한다. 황 노인은 땅을 빼앗기고 천길만길 낭떠러지에서 떨어졌다고 느낀다. 그의 절망감은 디아스포라의 한계를 비유하고 있으나 본질적으로 국가 권력의 지배하에 살아갈 수밖에 없는 나약한 개개인의 운명을 상징한다.

떠도는 인간의 본질을 보여주는 황 노인은 새 땅에 도착하면 다양한 민족 사람들과 어울려 살아야 한다고 강조한다. 황 노인의 지혜는 다민족 다인종이 섞여 사는 러시아 사회에서 몸으로 체득한 결과다. 공존 모색은 땅의 공공재적 특성과 맞물린다. 땅은 한정되어 있고 인간은 땅에 의존하여 살 수밖에 없다. 공존과 유대는 떠도는 사람들의 생존 방식이기도 하다. 기차에서 사람들의 도움을 받아 연명한 황 노인은 카자흐스탄 모래사막에 도착하지만 굶주림에 목숨을 잃고 만다. 한편 금실은 척박한 땅에 도착하여 갈대숲에서 홀로 아기를 출산한다. 아기와 함께 굶어 죽을 위기에 직면했을 때 이방 민족 여인의 도움으로 목숨을 부지하게 된다. 이방 여인의 도움은 황 노인이 강조한 공존하는 삶의 실천 방식이다. 공존 실천은 지금 여기 혼종 사회가 지향해야 할 가치로 '새모빌리티 패러다임'에 속한다.

2. 철도에 포획된 몸, 사이 공간에 부유하는 질문

이동은 인류의 오랜 생활양식이다. 현대사회의 이동성은 '모빌리티 테크놀로지'가 주도한다는 측면에서 과거와 차이가 있다. 철도의 등장은 인간의 삶에 지대한 영향을 미쳤다. 기차가 없었다면 러시아 정부가 대규모 인구를 연해주에서 카자흐스탄 지방까지 단기간에 이동시키는 일은 불가능했을 것이다. 권력이 방대한 영토를 지휘권에 두고 통치력을 행사한 이면에는 이동 기술과 이동 기계의 역할이 컸다. 권력의 정치적 목적에 이용된 철도의 '이동 능력'은 '권력의 능력'이 된다.

이주에 동원된 열차는 사람들이 잠시 체류하는 장소로 '사이 공간'이다. 이러한 장소에서는 사람, 장소, 환경에 대한 제약, 즉 부동적 네트워크 체계가 작동한다.[7] 사이 공간의 부동성은 인간을 억압하는 양식이다. 기차에 탑승한 이주민들은 이동의 자유를 빼앗기고 열악한 환경에 방치되어 있다. 가축이나 물류를 수송하던 화물열차를 개조하여 2층으로 칸막이를 질러 3. 5평 정도의 공간에 27명을 몰아넣은 형국은 흡사 포로수용소 같다. 창문은 양철 조각으로 막아 빛은 차단된 상태이며 공기의 순환도 가로막았다. 배변 시설 미비로 이주민들은 서로 옷으로 가려주면서 볼일을 봤다. 그들은 탁한 공기와 악취가 떠도는 공간에서 최소한의 인권도 보호받지 못했다. 연료 공급,

7) 존 어리, 앞의 책, 82쪽.

식량 배급과 식수 제공도 이루어지지 않았다. 정부는 일주일 정도 먹을 식량을 준비하라는 지시 외에 목적지가 어딘지, 얼마나 걸리는지, 이주 일정 전반을 비밀리에 진행했다. 기차가 40여 일을 달리는 사이 이주민들은 시베리아의 혹독한 추위와 굶주림, 전염병으로 죽어갔다. 기차 내부 환경은 소비에트 정부가 이주 과정에서 조선인들이 사망할 위험이 상존한다는 것을 알면서도 방치한 정황을 여실히 드러낸다. 생명 권력이 작동하는 공간에서 이주민들은 법의 제외권역에 무방비로 노출된 존재로 '호모 사케르'[8]나 다름없다.[9] 사실상 기차는 인간의 몸을 담보로 '모빌리티 정치'가 실행되는 공간이다.

폐쇄된 기차 공간의 끔찍한 실태와 이주를 둘러싼 의혹은 증폭되었다. 호위 대원의 강압적인 태도에 아무도 입을 열지 못했으나 소년 미치카는 궁금증을 참지 못한다. 왜 조선인을 총살형에 처하려고 했는지, 강제로 이주 열차에 태웠는지, 인간이 들개처럼 버려진 존재가 되어야 하는지, 자신을 둘러싼 세계 전부가 의문이다. 소년은 어머니, 안나에게 묻지만, 답을 들을 수 없다. 어른들도 자신들이 왜 추방당하는지 그 연원을 알지 못하기 때문이다. 특정 세계에 내던져진 인간의 존재론적 자명성은 물음을 통해 확보된다.[10] 소년은 스스로 답을 구하려는 듯 가려진 세계를 향해 물음을 던진다.

---

8) 아감벤, 박진우 역, 『호모 사케르』, 새물결, 2008, 155-160쪽.

9) 배지연, 권응상, 「(철)길 위의 사람들과 떠도는 영혼-김숨의 떠도는 땅에 나타나는 모빌리티와 이주의 문제를 중심으로-」, 『어문론총』, 제88호, 한국문학언어학회, 2021.

10) 마르틴 하이데거, 이기상 역, 『존재와 시간』, 까치글방, 1998, 19-21쪽.

혼혈아 미치카는 자신이 조선인인지, 러시아인지 묻는다. "모빌리티 '권리'를 강제하거나 제한하려는 시도는 대부분 피부색, 종교, 민족, 문화적 실천에 근거하여 특정 집단을 낙인찍는 국가의 개입 방식과 연계되어 있다."[11] 소설에서 미치카는 경계인으로 디아스포라의 타자성을 드러낸다. 이후 소년은 "엄마 난 어디서 왔어요?"(109, 123쪽) 라고 자신의 태생적 본질을 캐묻는다. 조선인/ 러시아인/ 혼혈인, 다만 한 인간일 뿐인 소년은 세상이 쳐놓은 차별의 덫에 단단히 걸려든 모양새다. "엄마 나도 인간이예요?"(127쪽) "난 왜 태어났어요?"(136쪽) 소년은 덫에 걸린 인간으로 태어나 고통을 받느니 자유롭게 하늘을 날아다니는 참새로 태어날 걸 그랬다고 토로한다. 어른들은 고통스럽고 비참해도 참고 견뎌야 한다며 상투적인 해법을 내린다. 언제 총살형을 당할지 모르는 불안한 현실과 덫에 걸린 새처럼 기차에 실려 끌려가는 소년의 질문은 인간 존재의 본질을 향한다. 존재의 물음은 방향성이 있으며 질문 그 자체로 여기에 있음을 확증한다.[12] 소년의 물음은 현존재로서 실존을 강화하려는 움직임이다. 실존 회복은 인간의 본성 추적으로 발현한다.

"하늘 아래 인간이 가장 추해요.", "가장 욕심쟁이고요."(214쪽) 소설은 인간이 가진 악한 본성을 통해 인간이, 그리고 사회와 정치가 지켜야 할 최소한의 윤리를 주문한다. 소년의 시선에서 추방당한 피해 주체와 추방을 강행한 가해 주체가 같은 인간임을 인정하고

11) 존 어리, 앞의 책, 339쪽.

12) 하이데거, 위의 책, 66-68쪽.

싶지 않았을 것이다. '나도 인간이냐'는 미치카의 절망적인 물음에 어머니 안나는 '그래도 엄마는 널 사랑한다.'라고 말한다. 자식을 위해 아무것도 답해줄 수 없는 무기력한 모성은 인간과 이 세계가 가진 양면성의 실체를 날것 그대로 인정하는 것뿐이다. 자아 형성기에 있는 미치카의 다층적인 물음은 개인의 정체성을 내포한 국가 정체성과 연관성이 있다.

황 노인과 소덕처럼 한인 1세대는 조선 땅에 정체성을 두고 있다. 족보를 외워 후손에게 알리고 조선인을 만나면 고향을 묻고 조상의 제사를 챙기는 등이다. 다섯 살에 러시아로 이주한 금실은 조선 땅의 '쑥새'를 고향으로 여기며 살아왔으나 이주 열차가 출발하는 순간 자신의 고향이 연해주라고 느낀다. 2, 3세대인 근석, 최아나똘리, 아리나는 어릴 때부터 인종차별을 받으며 성장했기 때문에 조선인 피를 물려받은 자신을 혐오한다. 근석은 자식이 태어나면 뼛속까지, 영혼까지 러시아 사람이 되기를 바란다. 러시아 사람이 되고 싶은 근석의 심리는 욕망의 표출이다. 조선인이 러시아인이 될 수 없고 황인종이 백인종이 될 수 없기에 근석의 욕망은 실현 불가능한 욕망이다. 근석은 불가능한 욕망, 좌절된 욕망으로 인해 정체성을 회복하지 못하고 영원히 떠도는 존재로 남는다. 세대별 국가 정체성 차이는 삶의 기억과 애착이 있는 곳이 모국이며 고향이라는 초국가적 인식을 보여준다. 그러나 국적이 다르다는 이유로 추방당하는 과정에서 사람들은 정체성 혼란에 빠진다. 기차는 이주가 일상화된 사람들의 정체성이 떠도는 공간이다.

3. 벌거벗은 영혼, 이념 담론의 해체

혁명 당시 이념을 신봉했던 조선인 대부분은 지식층이다. 올가의 남편, 강치수와 인설 형, 이고억이 대표적 인물이다. 그들은 공산주의 이념이 지향하는 사회 차별철폐와 평등이 러시아 한인들의 삶과 조선의 독립에 도움이 되리라 믿었다. 올가는 한인 3세로 강치수와 결혼하여 아들을 두었다. 강치수는 아들이 태어나자 마르크스, 엥겔스, 레닌, 10월 혁명의 앞 글자를 조합해 '멜로르'라는 이상한 이름을 지을 만큼 철저한 공산주의자다. 그는 공산주의가 표방하는 차별 없는 세상을 만들기 위해 가부장적인 권위를 내려놓고 아내 올가를 한 인간으로 동등하게 대했다. 강치수의 신념 이면에는 이데올로기가 러시아 사회의 한인 차별 정책을 개선할 수 있는 대안이라는 믿음이 있었다. 그러나 강치수는 일본 간첩 누명을 쓰고 체포되어 사형을 선고받게 될 운명에 처한다. 요셉 외삼촌은 문인으로 한글(조선어)로 '송아지'라는 시를 발표했다가 사상이 불순하다는 죄목으로 러시아 경찰에 끌려간다. 강치수를 비롯한 공산주의 신봉자들이 반동분자, 사상이 불순한 부르주아, 반역자라는 미명하에 재판을 받고 처형당하거나 유배형을 선고받는 모순이 횡행했다.

러시아 정부가 지식인들에게 누명을 씌워 숙청한 이유는 추방에 반발하여 한인 집단을 선동하리라는 추측 때문이다. 강치수나 인설 형, 이고억처럼 공산주의 이념을 추종하고 혁명에 적극 가담했던 사람들은 민족 차별의 벽을 넘지 못하고 희생된다. 소비에트 정권의 지식인 처형은 권력의 폭력성과 이데올로기의 허구성을 여실히 보여준다.

이고억은 '형법 58조 조국위반죄'로 체포되어 간첩 누명을 쓰고 카자흐스탄 유배형을 선고받는다. 형의 억울한 유배형에 인설은 소비에트 정부의 모순된 행태를 헌법에 빗대 성토한다. 정부에 불만은 반역으로 간주 되기 때문에 일천은 자신까지 처벌될까 두려워 인설의 비판을 가로막는다. 그러나 혁명에 몸 받쳤던 사람들은 소비에트 정부에 분노를 표출한다. 허우재는 혁명이 성공하면 땅을 나눠준다는 약속을 믿고 러시아 내전에 참여하여 공을 세웠다. 치열한 전투를 벌이다 귀머거리가 되었으나 땅을 준다는 약속은 지켜지지 않았으며 추방까지 당한다. 볼셰비키 혁명이 근간인 헌법은 인민을 사물화히는 통치 도구에 불과했다. 레닌과 스탈린은 초월 법적 권한을 행사하는 존재로 신격화되었고 차별철폐 평등의 가치는 바닥에 떨어졌다. 조선인들은 소수민족 탄압 정책보다 이념의 허구성에 절망한다. 조선의 독립은 요원한 일이 되었고 땅을 공평하게 분배받아 정착의 꿈을 이룰 수 있다는 희망도 사라졌다. 이주민들의 이념 정체성 해체는 그들의 삶을 지탱하고 있던 물질적 정신적 세계가 모두 무너졌음을 의미한다.

기차에는 정부의 조치에 불만을 드러내거나 저항하는 사람을 가려내기 위해 비밀 요원이 배치되었다. 이주민들은 일상적인 대화조차 함부로 주고받지 못했다. 공권력에 의해 모빌리티 통제가 엄격한 기차는 파놉티콘 원리가 작동하는'이동 감옥'의 형태를 띤다.

이때 감옥은 전형적으로 인간의 '임(이)모빌리티화'를 위한 '장치'로 여겨진다.[13] 기차에서 이주민들은 법을 떠나 윤리적으로 인간이 누려야 할 최소한의 권리(배변 시설 미비 등 기차의 열악한 환경)마저도 박탈당했기 때문에 감옥에 갇힌 죄수보다 못한 취급을 받았다. 감옥의 원리를 인용하여 근대 권력을 비판한 푸코(Paul-Michel Foucault)는 정치가 신체 영역에 들어가 직접 신체를 공격하고 의식을 강요하고 여러 가지 기호를 부여한다고 판단했다.[14] 소비에트는 한인들을 외딴 유형지로 이송 중에 이데올로기를 빌미로 공포정치를 강행한다. 이데올로기는 대상 인구를 임모빌리티 상태로 길들이기 위한 일종의 규율 기술이다.[15] 규율 기술은 인민 재판으로 실체를 드러낸다.

볼셰비키 집권 후 인민 재판은 공장이나 학교, 광장 등 때와 장소를 가리지 않고 열렸으며 즉결 처형도 내릴 만큼 막강한 영향력을 행사했다. 그들이 조선인들에 씌운 죄목은 사상이 의심스러운 반동분자, 변절자, 노동자를 착취하는 부르주아였다. 정권 수립에 일조한 사람들에게 반동분자라는 죄목은 모함이나 다름없다. 더구나 소작농이나 날품팔이로 떠돌며 근근이 생계를 유지해 온 이주민들이 부르주아라는 죄목은 억지에 가깝다. 반발은 즉결 처형으로 이어졌기 때문

13) 크리스토프 민케 외 1인, 「감옥과 (임)모빌리티」,『모빌리티와 푸코』, 앨피, 2022, 105쪽.

14) 미셸 푸코, 오생근 역,『감시와 처벌』, 나남, 2014, 56쪽.

15) 크리스 필로, 「불안정하고 위험한 웅고」,『모빌리티와 푸코』, 위의 책, 41쪽.

에 러시아 정부의 부당한 조치에 누구도 적극적으로 대항하기 어려웠다. 권력이 죄목을 정하면 그에 준해 처벌이 가해지는 독재 정치가 기차 안에서도 횡행했다. 이데올로기가 인간의 내면 의식을 통제하고 신체형을 집행하는 초월 법적 규율 장치라면, 기차는 물리적으로 인간을 통제하고 감시하는 권력의 도구적 장치다.

소비에트 정부는 군대를 동원하여 기차 내부는 물론 기차역, 선로 주변을 봉쇄하였다. 본래 기차역은 사람들이 자유롭게 타고 내릴 수 있는 장소다. 처음 이주 열차가 하바롭스크역에 정차했을 때 이주민들은 기차에서 내려 분뇨통을 비우고 요깃거리를 사서 허기를 달랬다. 호위 대원들이 호루라기를 불며 빨리 기차에 오르라고 욕설을 퍼부었으나 아쉬운 대로 급한 볼일을 보며 한숨을 돌렸다. 기차역에서 총소리가 들리고 반역자로 몰린 사람들이 처형당하면서 철도 시스템 전반이 이동 인구의 임모빌리화를 위한 처벌적 장치로 기능을 한다.

이주민들에게 죽음은 기차역 주변뿐만 아니라 기차 내부에서도 목격되는 일상이었다. 이주민 대부분이 당국의 지시에 따라 며칠 먹을 분량의 식량만 준비하였으나 이주 여정이 길어지자 굶주리는 사람이 늘어난다. 난방시설 미비와 의약품 공급도 없는 기차에서 굶주림과 추위 전염병이 겹쳐 노약자들이 죽어갔다. 목숨을 잃은 사람들은 기차가 역에 정차하면 선로 주변에 구덩이를 파고 묻었다. 심지어 달리는 기차 밖으로 시신을 유기하는 광경도 일상이 되었다. 육체를 가진 인간에게 일상에서 목격되는 죽음은 매순간 공포를 유발하기 마련이다. 더구나 권력이 지목하면 죄 없이도 처형당할 수 있는 현실이었다. 이주민들은 기차가 정차하면 집단 처형을 당할지 모른다는 불안감에 시달렸다. 기차는 '신체 정치', '죽음의 정치'가 난무하는 공간이다. 인간의 편익을 위해 쓰여야 할 이동 기계는 인간을 사물화하는 도구로 전락한다.

4. 상상의 모빌리티, 이동하는 미적 양식

인문학 그리고 예술은 모빌리티를 인간과 사물의 '공-진화' 관점으로 접근한다.[16] 문학작품의 모빌리티 재현은 존재함을 실증하는 작업보다'형식의 모빌리티(mobility of form)'라는 관념이 전제된다. 예술의 경험은 일상의 경험과 통합되기 때문에 문학은 그 자체로 이동하는 형식이다.[17]

열차가 바이칼 호수 근처에 정차했을 때 한인들은 집단 죽음의 처참한 현장을 목격한다. 바이칼 호수로 탈선한 열차와 열차에 갇힌 채 끌려가던 수많은 조선인의 죽음이 그것이다. 기차 탈선 사고는 한인 이주 당시 실제 있었던 일이다. 참혹한 사고 현장은 인간이 임의로 저지른 집단 학살을 방불케 한다. 이동 수단은 인간의 삶에 편익을 제공하는 만큼 위험성도 크다. 기계, 기술이 가진 문명의 한계는 완벽한 통제가 어렵다는 데 있다. 모빌리티 테크놀로지가 인간을 대량

16) 피터 메리만 외 9인, 김태희 외 3인 역,『모빌리티와 인문학』, 앨피, 2022, 21-26쪽.
17) 이안 데이비슨,「형식의 모빌리티」, 위의 책, 157-165쪽.

살상하는 정황은 인공지능과 사물인터넷이 지배하는 포스트휴먼 시대 인류에게 새로운 화두를 던진다.

'허공을 향해 쇠바퀴 두 개를 쳐들고 호수에 기우듬히 잠겨있는 기차, 만세를 부르듯 양팔을 활짝 펼치고 하늘을 향해 얼굴을 쳐들고 죽은 여자.' 소설은 호수에 곤두박질친 기차와 젊은 여인의 죽음을 동일시한다. 기차에 탑승하는 순간부터 이동 기계는 인간과 한 몸으로 목적지에 도착하기까지 공동운명체다. 탈선 사고로 인해 수많은 죽음이 목격되면서 기차는 죽음으로 내달리는 지옥 열차가 된다.

'기계 본성'은 기계적 몽상에 일조한다.[18] 인간과 사물의 공진화 관점에서 '기계적 몽상'이 조형하는 초월적 세계가 문학의 세계다. 소설에서 인간과 함께 '이동의 주체'가 되는 기차는 인간의 몸과 동일시되어 내면 심리에 개입하고, 삶과 죽음의 세계를 재현한다. 소설 초반부 뿌리까지 썩은 어금니처럼 흔들리는 기차는 (12쪽) 속도를 줄이면서 쟁기질에 지친 소로 변한다.(39쪽) 다시 속도를 높인 기차는 미친 망아지처럼 달린다.(139쪽) 공동묘지에서 들리는 소리와 기차 소음이 병치 되면서 기차는 죽음이 머무는 묘지가 된다.(151쪽) 역에 정차했던 기차가 출발하면서 몸이 흔들릴 때 사람들은 작두 위에 앉아 있는 기분이 든다. 절벽 끝에 앉아 있다가 절벽 아래로 추락하는 공포를 체감하면서 기차가 인간을 죽음으로 인도하는 형국을 연출한다.(152쪽) 소설은 실제 열차 사고와 이주민들의

18) 린 피어스, 「사건으로서의 운전」, 위의 책, 264-297쪽.

고통스러운 모빌리티 경험을 상상 이동 양식으로 전면화한다.

> "아나똘리, 이 열차는 회전목마란다. 앞으로 달리고 있는 것 같지만, 알고 보면 제자리를 돌고, 돌고, 도는…."(227쪽)

기차의 순환성은 회전목마가 되어 이주민들의 벗어날 수 없는 삶의 질곡을 조형한다. 돌고 도는 인생의 질곡은 떠돌 수밖에 없는 운명을 타고난 인간에게 주어진 일상이다. "여차하면 열차에서 아기를 낳게 생겼네. 열차에서 어떻게 애를 낳아요. 이렇게 계속 달리면 열차에서 낳아야지 별수 있어."(68쪽) 기차에서 아기가 태어나고 누군가는 죽은 목숨이 되어 기차 밖으로 내던져진다. 삶과 죽음이 공존하는 기차는 인간의 한 생애를 표방한다. "우리가 돌고 있다니 그게 무슨 말이에요?", "지구가 돌고 있으니까요."(239쪽) 이동 기계의 물리적 속성은 우주의 순환 운동으로 변주되어 초월적 세계를 재현한다. 이는 '기계적 몽상'이 가공하는 이동하는 미적 형식이다. 철도 모빌리티는 '이동적 삶'에 내몰린 약자들의 고통스러운 인생 여정을 보여주며 떠도는 존재로서 인간의 본질을 구현한다.

5. 목소리를 복원하는 힘, 문학의 모빌리티

『떠도는 땅』은 약자들의 떠도는 삶이 개인의 역량 부족이 아닌 사회 주권 권력의 무능과 부패, 비윤리적 통치행위에서 비롯된다는 점을 명시하고 있다. 조선 후기 무능한 권력과 부패한 관료들은 일제강점기라는 비극을 양산했다. 등장인물 27명은 누구보다 삶에 충실했던 일반 백성들이다. 19세기 후반 노동력이 필요했던 러시아 정부가 이주하는 조선인에게 땅을 분배하겠다고 약속한 것도 부지런한 근성을 높이 샀기 때문이다. 일제의 식민 수탈로 생계 위기에 봉착한 한인들은 러시아로 이주한다. 정착을 꿈꾸며 맨손으로 불모지를 개간하여 생활 근거지를 마련하였으나 소비에트 권력에 땅을 빼앗기고 추방당한다. 실제 역사를 참고 할 때 사회차별과 불평등을 양산하는 주체는 주권 권력이다. 한인 강제 이주는 스탈린의 독단적인 결정으로 알려져 있다. 권력자 한 사람이 대규모 인구의 '생살여탈권'을 행사한 것이다. 이는 권력자의 인식이 사회 공동체의 삶을 한순간 비극으로 내몰 수 있다는 측면에서 시사하는 바가 크다. 한인뿐만 아니라 당대 러시아 지주들도 콜호스에 반대하다 대거 처형당했다. 현재 진행 중인 우크라이나와 러시아, 이스라엘과 팔레스타인 전쟁을 통해서도 사지에 내몰린 병사들과 국민의 비참한 일상을 목격할 수 있다. 권력의 정치 논리 앞에서 상대적 약자인 국민은 영원한'호모 사케르'로 남는다.

약자들의 생존은 혼자의 힘으로는 불가능하다. 소설은 기차에서 부족한 양식을 나눠 먹고 어둠이 부유하는 공간에 돌아가면서 촛불을 밝히는 행위를 통해 집단연대의 중요성을 일깨운다. 금실은 이웃한 소수민족 사람들과 서로 돕고 우의를 다지며 살았다. 집단연대는 공존 모색의 방편이다. 이는 '혼종성'이 범람하는 모빌리티 사회, 인간과 기계가 공존하는 시대가 지향해야 할 본질이다. 모빌리티 이론가들은 불투명한 미래 인류의 공존을 위해 이분법적 사고에 매몰된 토대주의 배격을 주장한다. '모빌리티 전환'은 '이항 대립의 해체'[19] 개념과 맞물린다. 국민 국가, 민족, 인종, 종교, 좌파, 우파, 남자, 여자 등을 둘러싼 이분법적 사고는 사회 갈등과 분쟁의 씨앗이 되어 전쟁으로 번진다. 전쟁의 승자는 언제나 권력이며 일반 국민은 영원한 패자다. 금실과 소수민족 사람들이 보여준 화합과 공감대 형성은 약자들의 생존 전략이며 포스트휴먼 시대의 대안이다.

세상 만물이 돌아가지만 우리는 어디서 왔다가 어디로 가는지 모른다. 모빌리티 사유는 존재론적 물음을 던진다. 나도 인간인가요? 소년의 물음은 지금 여기, 모빌리티 사회 공간에 떠돌고 있다. 『떠도는 땅』은 사물화된 인간의 실존 회복을 강구한다. 김숨 작가는 공포에 질려 비명조차 내지르지 못하고 역사의 그늘에 묻힌 17만 2천여 명의 목소리를 복원하여 문학의 영토에 이식했다. "내가 떠도는 것인지 땅이 떠도는 것인지 분간이 안 갈 정도로 떠돌았지."(183쪽) 모빌리티 사회, 사람들은 여전히 생존을 위해 이동한다. 목적지도 방향도 알지 못하고 떠도는 사람들의 이야기는 문학의 공간에서 계속될 것이다.

---

19) 지바 마사야, 김상운 역, 『현대사상입문』, 아르테, 2023.

당선소감

김 유 림

"떠도는 자들의 목소리 기억… 속히 평화가 도래하길"

인생 절반을 카메라를 들고 빛을 찾아 떠돌았습니다. 어느 날 동굴에 네거티브 환영이 비쳤습니다. 동굴 밖에 스티글리츠, 도로시아 랭, 아버스, 살가도가 파인더에 잡혔습니다. 3등 선실의 손님들, 이민자 가족, 수류탄을 쥔 아이, 광산 노동자들은 동굴 밖 세상으로 나갔을까요. 수전 손태그는 예술가는 타인의 고통에 목소리를 되돌려줄 의무가 있으며 자발적으로 타인의 고통을 찾아내야 한다고 주문합니다. 정지된 한 컷의 공간에서 목소리를 복원하는 세계에 한 발 담그고 타인의 고통보다 나의 내면에 침잠한 동굴에서 탈출을 시도했습니다. 제 작품을 뽑아주신 것은 떠도는 자들의 목소리를 기억하라는 의미로 생각됩니다. 심사위원 선생님들과 세계일보사에 감사드립니다.

묵묵히 옆자리를 지켜준 남편과 엄마를 지지해 준 홍석이 홍철이, 동생들과 조카들, 하늘나라에 정착하신 아버지 김동각님과 어머니 윤화자님께 영광 돌립니다. 오늘을 이끌어 주신 단국대 대학원 문창과 해이수 교수님, 모빌리티 세계로 인도해 주신 최수웅 교수님, 평론의 문을 열어주신 김설원 작가님, 그리고 박덕규, 강상대, 이병철 교수님 고맙습니다. 힘이 되어준 예주, 투고를 독려해 준 수인이, 유은희, 장홍민, 정미영 선생님과 문창과 분들 고맙습니다. 소설 지존 한만수 작가님, 경사대 이봉일, 신승철 교수님께도 인사드립니다. 나의 문학 텃밭 우릉산, 설악산, 광교산과 기쁨을 나누고 싶습니다.

후앙 기마랑스 로사, 『제3의 강둑』 아버지는 조각배에 의지하여 거친 물살을 가르며 어느 시공에서 떠돌고 있을 테지요. 이 시간 삶터에서 전쟁터에서 고통스러운 모빌리티를 수행하는 그들에게 속히 평화가 도래하기를 소망합니다.

"문제의식과 비평적 구문의 조화 인정적… 앞날 기대"

포스트 팬데믹 이후 가중되고 있는 포스트휴먼 현상과 AI 문제까지 우리 사회 전반의 현실이 문학평론의 치열한 쟁점이 되고 있어서 올해에도 비평정신의 가열함이 엿보였다. 여성의 욕망과 좌절, 남성의 폭력성, 이들이 얽힌 페미니즘과 젠더의 문제도 언제부터인가 한국문학의 지형에 새로운 도전으로 얽혀들어 있는데, 이 풍경은 도전이지 문제의 중심은 아니다. SF 소설과 퀴어, 그리고 전위적인 작품도 어디까지나 전통과의 조화와 질서의 문맥 가운데 그 위상과 해석이 자리한다. 이와 관련된 왜곡된 문장과 비문(非文)의 합리화는 정당하지 않다는 지적이다. 31편의 응모작 가운데 절반 정도가 이와 직간접으로 관련이 있는데, 이는 예민한 현실의식을 보여주는 것으로 바람직하지만 구체적 방향성을 갖고 분석의 지향점을 못 갖춘채 현실 자체에 덩달아 흥분하는 경우가 적지 않아 안타깝다.

이처럼 다소 어수선한 가운데 문제의식과 비평적 구문(構文)이 안정감을 보여주고 있는 작품들로서 '모빌리티 사회, 인간과 기계의 공진화-김숨론'(리운 · 본명 김유림), '실재를 향한 언어의 몸짓-이재니론'(윤옥재), '불확정성의 세계에서 존재하기-김멜라론'(정세영) 등이 읽힐만했다. 이들 세 편은 비평 대상이 된 작가나 작품부터 이미 상당한 평가를 받은 중견들을 대상으로 함으로써 구문의 진행이 부드럽다.

그중 이제니론은 '반성'이 '반영'을 의미하기도 한다는 낭만적 이로니 개념을 보다 적극적으로 소화하였으면 좋았을 것이며, 김멜라론의 필자에게는 평범한 서술로서는 신인다운 평문의 신선미를 뿜어낼 수 없다는 점을 환기해 드리고 싶다. 평론가가 문장가는 아니지만 비문은 당연히 피해야 한다. 결국 당선작은 김숨론의 필자 리운씨에게 돌아갔다. 제목이 말해주는 대로 문제의식과 구문의 조화가 안정적이어서 튼튼한 앞날이 기대된다.

심사위원 : 김주연(문학평론가)

2024 조선일보 신춘문예 미술평론

김 지 연

1985년 서울 출생
홍익대학교 미술대학 예술학과 학사 졸업
경북대학교 법학전문대학원 석사 졸업
계간 〈크리티크 M〉 편집위원
출판사 선드리프레스 편집자
저서 : 『마리나의 눈』, 『보통의 감상』, 『반짝이는 어떤 것』, 『필연으로 향하는 우연』 등
2016 그래비티이펙트 미술비평공모 입상
2024 《조선일보》 신춘문예 미술평론 부문 당선
bloom_ing@naver.com

질주하는 세계, 그럼에도 지금 여기 '있는' 몸

김 지 연

1. 몸의 행방

지면에 발을 딛는 동시에 힘껏 밀어내며 반대쪽 고관절과 무릎을 접어 올린다. 몸의 움직임을 머리로 인지하기도 전에 허공에 떠오른 발이 내려와 다시 지면을 딛고 밀어내길 반복한다. 코로 들이마신 공기가 기도를 통과해 폐에 가득 차고, 이내 뱉어낸다. 거친 숨에 어깨를 들썩이며 양팔을 앞뒤로 움직인다. 얼굴을 들어 바람을 맞고 시선은 정면을 바라본다. 시선의 양쪽 가장자리로 풍경이 조금씩 사라진다. 달리는 일은 지금 여기 존재하는 몸을 느끼는 방법이자, 세계와 몸을 맞대며 만나는 경험이다.

장소를 요가 매트 위로 바꾸어 본다. 한 자세에 가만히 머무는 것이 요가라고 생각하지만, 이것은 상상 이상으로 격렬한 운동이다. 근력을 이용해 하나의 동작 안에 머무는 것은 흔들리는 몸의 감각과 지속적으로 싸우는 일이다. 고요한 자세를 조금만 가까이서 들여다보면 미세한, 그러나 격렬한 떨림이 보인다. 지면에 닿은 몸의 부분이 어디로 연결되는지, 힘은 어떤 경로를 통해 움직이는지, 흔들림과 뒤틀림을 방지하기 위해서 나는 내 몸을 어느 쪽으로 얼마나 움직일지 판단해야 하지만 긴 시간은 주어지지 않는다. 매 순간 지금의 싸움이다. 정신보다 몸이 앞서는 순간이다. 여기에서 지속하는 몸을 느낄 때, 우리는 지금 여기 존재한다는 감각을 오롯이 느낀다.

그리고 다시 한번 장소를 바꾸어 모니터 앞에 앉는다. 이미지와 이미지, 텍스트와 텍스트가 빠른 속도로 교환되고, 우리는 아주 먼 곳에 있는 타인을 볼 수도, 반대로 보여질 수도 있다. 여기 있지만 여기 없고, 여기 없지만 여기 있다. 또한 거기 있지만 거기 없고, 거기 없지만 거기 있다. 철학자 한병철(b.1959)은 오늘날 타자와 맺는 관계에 대해 설명하며, 우리가 디지털 미디어를 이용해 타자와의 거리를 파괴하고 그를 가까이 끌어오려 할수록 타자성은 파괴된다고 했다. 이는 급기야 타자의 실종으로 이어진다. 우리가 타자와의 관계에서 서로의 존재를 굳건하게 확인하는 일은 다름의 발견이 있어야 하고, 다름에는 거리가 필요하기 때문이다.[1)]

우리를 둘러싼 세계와 맺는 관계도 같다. 매체의 발달로 인해 멀리 있는 것을 빠르게 눈앞으로 끌어올 수 있고, 동시에 수많은 이미지를 볼 수 있는 시대다. 시각은 그 어느 때보다 활발하고 정신

1) 한병철, 『에로스의 종말』, 문학과지성사, 2015, pp.42-43

은 쉽게 공간을 넘나든다. 그러나 산만하게 움직이는 눈동자와 손가락 외에 유기적으로 연결된 몸 전체를 느끼는 일은 드물다. 거리를 늘였다 줄이며 넘나드는 사이에 우리의 몸은 조각나버렸고, 가장 가까운 내 몸은 변방으로 밀려났다. 지금, 우리의 몸은 어디에 있는가.

2. 가속의 시대

폴 비릴리오(Paul Virilio, b.1932)는 이러한 현대사회의 양상을 속도라는 개념으로 설명한다. 이동수단의 속도가 빨라지고 통신의 발달로 전세계가 실시간으로 연결되면서, 삶의 양상은 판이하게 달라졌다. 이동의 과정과 거리의 감각이 사라졌다. 공간과 관계 맺으며 천천히 이동하는 유목민이나 도보여행자가 아니라 기차나 자동차 안에 가만히 앉아서 차창 밖으로 빠르게 달아나는 세계를 바라보는 운전수의 시각적 환영이 우리를 지배한다. 비릴리오는 이를 '질주경(dromoscopie)'이라 불렀다.[2] 이제 우리는 완전히 다른 방식으로 존재한다. 이곳에서 저곳으로 빠른 속도로 이동할 수 있으며, 어디서나 볼 수 있고 또한 보여질 수 있다. 시간과 공간이 해체되는 사이로 우리의 몸도 파편화된다. 어느 곳에도 중심이 없다.

이는 예술에도 동일하게 적용된다. 매체와 기술의 발달에서 새로

---

2) 폴 비릴리오, 『시각 저 끝 너머의 예술』, 열화당, 2008, p.27

운 가능성을 짚어내는 다른 매체 이론가와 달리 비릴리오는 부정적인 태도를 취한다. 현대의 예술을 지배하는 미디어는 물리적 경험과 대면 커뮤니케이션을 무너뜨렸다. TV와 유튜브에 등장하는 장면은 실제 사건을 재현한다기보다는 원격으로 현전시킨다. 먼 곳의 장면을 눈앞으로 실감 나게 끌어오지만 실제로 여기 존재하지 않으며, 빛이 꺼지는 순간 사라진다. 비릴리오는 이러한 '원격현전'을 그저 나타내어 보여주는 현시와 같다고 보았다.[3] 미디어는 빛과 같은 속도로 움직이며 이를 통과하는 예술을 마치 순식간에 발현했다 사라지는 무용이나 퍼포먼스처럼 순간의 예술로 만든다. 그리하여 현대사회의 미술은 재현을 통해 지속적으로 머물 장소를 마련하지 못하고, 순간의 현시로 어떻게 스펙터클을 보여줄지 고민하게 되었다.

비릴리오가 말하는 현대사회에서는 가속화로 인해 신체가 파편화되며 예술은 장소를 잃는다. 그러나 이렇게 질주하는 세상 속에서 속도를 늦추며 신체를 중심으로 다시 끌어오려는 미술의 노력이 있다. 신체의 소외와 지각의 파편화를 재현으로서 보여주고, 세계와 몸을 맞댄 채 서로의 살을 만지며 여기 있다는 사실을 확인한다. 또한 반복하는 신체의 수행성으로 부유하는 신체 이미지를 붙잡아 눈에 보이는 흔적을 남긴다. 이들이 어떻게 신체를 가운데로 잡아끌며 머물 장소를 마련하고 있는가 살펴보는 일은, 질주하는

---

3) 배영달, 『속도의 예술 초미학』, 앨피, 2019, pp.53-54

세계의 속도에 묻혀 소멸하고 망각되지 않기 위해 우리가 어떻게 창조적으로 방향을 틀며 저항하고 있는지 확인하는 일이다.

2-1. 속도의 지각

세계는 이미 우리 몸의 속도를 벗어난 지 오래다. 물리적 속도는 물론 변화의 속도까지도 개인의 능력으로 따라잡기에 너무 멀리 가버렸다. 그러나 우리는 여전히 이곳에서 살아가야 한다. 어떤 문제든 해결하기 위해 가장 먼저 해야 할 일은 현재 상태를 파악하는 일이다. 그리고 동시대를 살아가는 예술가들은 이러한 사회 문제 속에서 어긋난 틈새를 빠르게 발견하고 작품으로 가시화한다.

여기 서로 다른 속도가 강하게 마찰하는 장소가 있다. 장서영(b.1983) 작가의 개인전 《SKID》다.[4] 기다란 직사각형의 전시공간에 들어서면 왼쪽에는 자동차가 빠르게 달리는 모습을 그린 드로잉 연작 〈무제〉(2022)가 줄지어 걸려 있다. 걸으면서 감상하면 연속된 시퀀스로 느껴지도록 자동차의 움직임을 프레임 단위로 나누어 표현했다. 반대편 벽을 바라보면 거치대에 수액팩이 걸려 있다. 팩과 연결된 호스가 바닥을 따라 길게 늘어져 있고, 그 안에는 천천히 수액이 흐른다. 우리 몸 안에서 흐르는 체액 같기도, 이미 노화된 몸이 의지하는 인공의 장치같기도 하다.

오른쪽과 왼쪽에서 대조적인 속도의 흐름을 느끼며 전시장을 따

4) 장서영 개인전 《SKID》, 2022.4.16-6.12, 신도문화공간 (서울 성동구)

라 걸으면, 기다란 전시장의 끝에서 빠르고 불안하게 움직이는 장면을 마주하게 된다. 단채널 영상 작품 〈스키드〉(2022)다. 작품의 제목인 '스키드(skid)'는, 고속으로 달리던 자동차가 급제동할 때 생기는 '스키드 마크'를 말한다. 타이어가 회전이 잠긴 채 미끄러지면 강한 마찰열로 인해. 타이어의 고무 성분이 순식간에 분해되어 도로의 표면에 묻어나는 것이다. 전시의 제목과 같은 이 작품은 이번 전시의 주제를 뚜렷하게 보여준다.

작품 속에서는 우리의 신체가 35세까지만 사용할 수 있도록 만들어졌다고 한다. 유효기간이 끝난 신체는 점점 기동성이 떨어지고 연산력이 저하된다. 그러나 점점 더 속도가 빨라지는 현대사회, 자연스런 노화와 상관없이 더 빠른 적응력과 강한 체력을 요구하는 자본주의적 환경 속에서 우리는 몸의 느린 속도를 더 크게 느낀다. 작가는 영상 속에서 내내 자동차의 빠른 움직임과 내부의 정적인 분위기를 교차시킨다. 우리는 점점 느려지는데, 자동차 밖의 속도는 점점 빨라진다. 불안감을 조성하는 텍스트가 러닝타임 내내 영상을 관통하고, 관객은 불현듯 무언가 잘못되었다고 깨닫는다. 안팎의 속도가 점점 달라져 더이상 따라잡을 수 없음을 깨닫고 브레이크를 밟는다. 차체가 미끄러지는 방향을 따라 짙은 스키드 마크가 남는다. 막다른 길 앞에서 살아남으려 저항한 흔적이다.

작가는 이 작품을 통해서 자연스런 노화와 병으로 유효기간이 끝난 신체가 점점 빨라지는 현대 사회의 속도를 따라 갱신하는 것이 가능한지 묻는다. 뒤돌아 기다란 전시장을 빠져나온다. 양쪽에는 여전히 다른 속도가 흐른다. 자동차의 움직임이 나란히 연결된 드로잉 연작에서 마치 버퍼링 걸린 화면처럼 세로로 쪼개진 프레임이 눈에 띈다. 속도를 따라가지 못하는 몸은 연속된 감각으로 세계를 받아들이지 못하고 파편화된 이미지를 겨우 받아들인다. 감각이 쪼개지고 과정이 잊혀진다.

2-2. 피크노렙시의 풍경

비슷한 시기에 열린 김양우(b.1986) 작가의 개인전에서는 이러한 파편화의 과정을 더 직접적으로 드러낸 작품을 볼 수 있다. 전시《통근 생활》[5]은 도시에서 개인이 매일 겪는 통근의 경험, 정확히는 통근 거리와 시간을 가시화한다. 작가는 경기도와 서울 간 67.32km를 오가는 장거리 통근 경험을 시작으로, 중심을 향해 모여드는 통근자들의 움직임에 관심을 갖기 시작했다. 한국, 일본, 태국, 말레이시아-싱가포르 등 주로 아시아 지역 통근자들의 사례를 수집했고, 이를 지도와 사진, 텍스트, 영상, 조형물 등으로 표현했다.

말레이시아 조호바루에서 싱가포르로 출근하는 로박림의 통근 거리는 44.6km, 군마와 도쿄 사이를 출퇴근하는 80대 임상학자 히노하라 요시카즈의 통근 거리는 88.2km다. 이들은 지하철과 버스, 기차를 갈아타고, 고속도로와 고층 건물 사이를 수없이 지난다. 교

5) 김양우 개인전《통근 생활》, 2022.6.17-7.17, 합정지구 (서울 마포구)

통망의 발달로 우리의 이동에는 자유가 생긴 것처럼 보이지만, 매일 다녀야 하는 통근길은 자유라기보다는 벗어날 수 없는 사슬이나 무거운 피로에 가깝다.

그 사이에서 조각 〈속도의 풍경〉(2017-)은 이들이 경험하는 속도를 되새기도록 한다. 투명 아크릴 안에 도시 풍경을 담은 사진 이미지들이 담겨 있다. 그런데 온전한 모양이 아니라 칼로 얇게 저며낸 듯 쪼개지고, 양쪽에서 강하게 잡아당긴 듯 늘리고 뭉개져 있다. 이 해체된 이미지는 비릴리오가 말한 이미지의 파편화, '피크노렙시(picnolepsie)' 현상을 보여준다.

우리가 정지해 있을 때는 멈춰 있는 이미지를 바라본다. 걷거나 뛸 때는 흐르는 이미지를 본다. 그런데 자동차나 고속열차 등 빠른 속도의 이동수단에 올라탄 경우 몸으로 직접 경험하는 것보다 몇 곱절이나 빠르게 이미지가 흐른다. 우리의 몸은 흐르는 이미지를 모두 지각할 수 없고 일부 잔상만 인지하게 된다. 심지어 더 빠른 비행기를 탔을 때에는 이동하는 거리를 직접 보지 못하고 처음과 끝만 기억한다. 결국 우리는 보았지만 보지 못한 일종의 기억 상실 상태에 이른다. 이렇게 속도에 의해서 우리의 지각이 재편되고 파편화된 이미지를 인식하는 상태가 피크노렙시'다. 피크노렙시는 희랍어의 'picnos-(빈번한)'와 'lepsie(발작)'을 합성한 단어로 비릴리오의 이론에서 '빈번한 발작', '의식의 중단'을 의미한다.

한 곳을 오래 바라보는 감각은 빠른 속도에 박탈당해버렸다. 우리는 과정이 없이 시작과 끝만 가진 서사, 생략된 잔상만을 가진다.

실제 감각의 과정을 잃고 지각하지 못하는 것은 내 몸을 잊는 것과 같기에, 빠른 속도 사이에서 이미지가 파편화되며 신체도 해체된다. 과정과 의미를 담지 못한 몸은 온전한 전체가 아니라 흩어진 조각이 된다.

전시장의 지하로 내려가면 어두운 곳에 설치된 영상이 보인다. 통근 거리를 보여주는 지도와 사진, 텍스트, 조각을 지나 우리는 이제 실제로 통근하는 누군가의 뒷모습을 바라본다. 로박림의 44.6km, 히노하라 요시카즈의 88.2km, 그리고 김양우의 67.32km. 타인의 경험을 정보화하기를 그만두고 있는 그대로 따라가 본다. 빠르게 스치며 쪼개지는 풍경이 아니라, 어딘가로 향하는 사람의 등과 부지런히 걷는 발에 시선을 둔다. 우리의 통근길과 다름없는 장면 속에서 그들 몸의 속도는 전혀 빠르지 않다.

2-3. 비어버린 중심

그런데, 서로의 감각을 드러내어 연결하며 너무 빠른 이동의 부작용을 보여주기 위해 만들어진 이 영상 작품은 또 다른 문제를 상기하도록 한다. 말레이시아와 일본에 있는 타인의 경험을 우리가 지금 여기에서 볼 수 있는 것은 미디어라는 새로운 매체 때문이다. 미디어 또한 멀리 있는 것을 우리의 앞에 빠르게 끌어 당겨 오는 도구로서, 빠른 속도의 이동수단과 작동방식이 닮았다.

실제로 비릴리오는 피크노렙시의 원인이 광학기계라고 말한다. 빛의 속도로 움직이는 미디어가 나타나면서 우리 삶의 방식에 근본적 변화를 가져왔다는 것이다. 멀리 떨어진 것을 실시간으로 볼 수 있게 되면서 우리는 물리적으로 닿는 경험과 대면으로 소통하는 방식을 잊게 되었다. 파편화된 이미지를 수집하는 사이에 과정과 의미를 망각하며 빈번한 의식의 부재를 겪는다. 대중의 의식은 점점 위험에 처하고 있다.[6)]

예술작품이 세계를 재현하는 과정에서 작가의 시선이 더해지고 매체에 따른 외형의 변화가 일어난다. 때문에 우리는 작품을 볼 때 일정한 거리를 두고 사고하게 된다. 그러나 이제 예술작품의 이미지는 인터넷과 스크린을 통해 보여진다. 세계를 재현한다기보다는 현시하는 광학은 우리를 과도하게 사건 가까이로 끌어들인다. 실제 경험과 흡사한 고화질 영상 이미지를 거대한 스크린을 통해 제공하며 관객의 시각적 감각만을 극대화한 콘텐츠는, 오히려 비판적 태도와 객관화 능력을 상실하게 만든다. 이는 관객을 사건으로부터 소외시키는 결과를 낳는다. 텔레비전과 유튜브가 대표적인 매체다.[7)]

또한, 무분별한 현시와 이미지의 재생산이 가속화되며 예술가와 작품 사이의 시공간, 작품과 관객 사이의 거리가 파괴된다. 인간이 빠른 속도 속에서 기억의 상실을 경험하듯이, 예술작품 또한 어떤 기억도 규칙도 없는 상태에 이른다. 예술작품이 가지던 고유성과

---

6) 배영달,『속도의 예술 초미학』, 앨피, 2019, pp.53-54

7) 같은 책, pp.53-54

지속의 개념이 파괴되는 결과에 이르는 것이다. 예술적 재현은 원격현전, 즉 현시로 인해 위기에 빠졌다.[8] 앞서 언급한 한병철의 주장처럼, 타자를 빠르게 눈앞으로 끌어오고 싶은 욕망을 채우기 위해서 우리는 디지털 미디어를 이용하여 거리를 파괴했다. 그러나 멂을 지운다고 가까움이 형성되지 않는다. 오히려 거리의 부재로 인해 가까움이 삭제되고 만다.

이것은 예술작품뿐 아니라 현시대의 공통적인 현상이다. 빠르게 달려 거리를 좁힐수록 진짜 욕망하던 것들이 멀어진다. 이러한 오작동은 결국 모두가 중심에서 쫓겨나는 결과를 초래한다. 비릴리오가 말한 '전원 퇴장(Extra Omnes)'이다.[9]

3. 몸이 '있다'는 확인

디지털 미디어로 인해 공간적 제약이 사라지고 빠른 속도로 이미지를 전달할 수 있게 된 상황에 대하여 많은 매체 철학자들이 긍정적으로 평가한다. 물론 속도와 편리, 복제와 재생산으로 인한 대중성, 새로운 표현의 가능성 등 장점이 분명 존재한다. 그러나 빠르게 도착하는 결과만 중시되고 과정이 사라진 사회는 장점만 가지기 어렵다. 머무름과 기다림이 없는 이곳에서는 모두가 속도를 쟁

8) 같은 책, pp.56-57

9) 폴 비릴리오, 『시각 저 끝 너머의 예술』, 열화당, 2008, p.103

취하기 위해 노력하고 결국 이를 장악하는 자가 권력을 가진다. 비릴리오가 광학기계의 발달을 부정적으로 보는 이유다. 산업혁명과 증기기관의 발달이 삶을 편리하게 만든 기적처럼 여겨졌지만 동시에 인간 소외와 노동 착취, 빈부격차와 같은 부작용을 불러왔다는 사실을 기억하며, 속도의 변화를 경계해야 한다.

그러나 이미 없음의 감각이 우리를 지배한다. 우리의 몸은 어디에나 있지만 어디에도 없다. 우리는 속도를 늦추거나 과정을 망각하지 않기 위해서, 지각하는 신체를 기억해야 한다. 모리스 메를로 퐁티(Maurice Merleau-Ponty, b.1908)는 『지각의 현상학』(1945)을 통해 우리 존재의 주체는 정신이 아니라 몸이라고 말한다. 세상을 지각하는 것은 관념의 학습이 아니라 '몸-주체(body-subject)'의 경험으로부터 시작된다. 때문에 살갗을 부대끼며 만지는 감각은 무엇보다 중요하다. 여기, 빛이 꺼지면 바로 사라지는 광학기계의 현시가 아니라, 몸으로 세계의 살을 만지며 잃어버린 기억과 현존의 감각을 재현하는 예술가들이 있다.

3-1. 살갗을 부대끼며

정희우(b.1973) 작가는 일종의 기록하는 방식으로 풍경을 남긴다. 거리를 직접 걷고 관찰하고 사진을 찍은 뒤 이를 한지에 채색하는 동양화 기법으로 풍경화를 그리는데, 전체 풍경을 빠짐없이 남긴다는 점에서 진경산수화의 태도를 계승하는 듯 보인다. 어떤 측량 도구도 없지만 자신의 보폭과 몸의 길이 등을 기준으로 거리를 가늠하면서 강남대로를 20미터 연작[10]으로 그려내고, 서울역을 바라보는 빌딩 위에 수차례 올라서서 복잡한 교차로의 풍경을 옮겨낸다.[11] 느린 속도로 작가의 몸을 통과한 풍경이다.

작가가 세계와 직접 몸을 부대끼며 남기는 흔적은 간판 시리즈에서 또렷이 보인다. 정희우 작가는 종로와 성수의 골목에서 오래된 간판들을 찾아냈다. 낡은 간판에 쌓인 먼지를 직접 손으로 털어내고, 종이를 대고 문질러 탁본을 떠냈다. 또한, 아스팔트 도로 위에 새겨진 화살표 등 지시 기호를 그대로 떠내기도 한다. 수 미터에 이르는 종이 위에 도로와 작가의 몸이 마찰한 순간이 그대로 담겨 있다. 마치 건물이나 사물의 피부를 벗겨내는 하이디 부허의 작업을 떠올리게 한다. 직접 걷고 만지며 그려내고, 문질러서 도시의 피부를 벗겨내며 세계의 살을 만진 순간이다. 그 장소와 작가의 몸이 동시에 존재했던 시간이 종이 위에서 느리게 흐른다.

한편 조희수(b.1998) 작가의 퍼포먼스를 기록한 영상 작품 〈더 다이버스〉(2021)는 조금 더 빠른 속도와 적극적인 태도로 세계와 살을 맞댄다. 정희우 작가가 걸었던 강남대로를 이 젊은 작가는 전속력으로 달린다. 흰 선으로 육상 트랙을 그리고 자동차와 건물과 사람들 사이를 전력 질주하는 행위를 작가는 '다이빙'이라고 칭했다. 다이버가 뛰어내리며 수면 위에 균열을 일으키듯 서울에서 가장 붐

10) 정희우, 〈시간을 담은 지도〉(2008-2011)

11) 정희우 개인전《길 위에서》, 2020.11.11-11.30, 서울일삼 (서울 용산구)

비는 지역인 강남역 한복판에 난입하여 '사회적 수압'을 뚫어내는 것이다.

작품 제작이 이뤄진 2021년은 팬데믹으로 이동은 물론 숨쉬는 것조차 자유롭지 못하던 시기였다. 존재하지만 존재하지 못하는 상태로 모두가 부유하고 있었다. 작가는 사회적 막을 뚫고 온몸으로 세계와 부대끼며 질주한다. 내딛는 두 발, 앞으로 나아가는 몸, 거친 숨소리는 거기 '있다'는 확인과 다름 아니었다.[12)]

장-뤽 낭시(Jean-Luc Nancy, b.1940)는 몸이 그 자체로 발화하는 존재라고 했다.[13)] 낭시는 책『코르푸스: 몸, 가장 멀리서 오는 지금 여기』에서 메를로-퐁티 현상학의 살 개념과 달리 '살갗'을 말하는데, 몸 자체가 하나의 사유이며 그것을 끝까지 몰아붙인 것이 '살갗' 즉, 표면이라는 것이다. 살갗이 서로 접촉하면서 사유와 사유가 연결된다. 때문에 우리가 우리의 살갗으로, 그러니까 몸의 표면으로 세상을 만지는 행위는 지금 여기를 확실하게 느끼며 서로 연결됨으로써 존재의 불안을 제거하는 일이다.

예술가들이 재현한 신체의 감각을 따라 눈으로 세계를 만진다. 이러한 예술의 경험을 통해 우리는 속도를 늦추고 몸을 지각하며 새로운 사유를 생성한다. 발화하는 존재로서, 하나의 몸이 여기, 있다.

---

12) 조희수 개인전《The Divers》, 2021.3.31-4.3, 청년예술청SAPY (서울 서대문구)

13) 장-뤽 낭시,『코르푸스: 몸, 가장 멀리서 오는 지금 여기』, 문학과지성사, 2012, pp.111-113

3-2. 수행하는 몸

몸으로 현재를 감각해야만 눈앞의 세상을 제대로 지각하고 존재의 확신을 얻을 수 있다. 타인을 비롯한 외부세계와의 연결은 여기서부터 시작된다. 그러나 우리는 빠른 속도로 쏟아지는 이미지와 감각, 정보 사이에서 현재를 감각하는 방법을 잊고 말았다.

퍼포먼스의 대가인 유고슬라비아 출신 예술가 마리나 아브라모비치(Marina Abramović, b.1946)는 몸을 매체로 사용하기 위해 비우는 방법을 연구했다. 세계 각지의 명상과 마음챙김 방법을 직접 경험하고 퍼포먼스 작업을 지속하면서 그가 깨달은 답은 '느려지기'였다. 지금 여기 있는 몸을 인지하고 세상을 새롭게 바라보기 위해서는 잃어버린 감각을 먼저 되찾아야 하는데, 이에 아브라모비치는 일부러 느려지는 행위를 제안한다.

그가 진행하는 워크샵의 이름은 〈집 청소(House Cleaning)〉다. 우리의 몸을 '집'으로 상정하고 이를 깨끗하게 비워내는 과정을 청소에 비유한 것이다. 관객들은 스마트폰을 반납한 채 천천히 걷고, 소리를 듣는다. 한 시간 동안 단 한 번만 아주 천천히 자신의 이름을 적거나, 쌀알을 세기도 한다. 신체의 미세한 감각을 빠짐없이 느끼며 느린 시간을 보내고 나면 아주 작은 자극이나 변화에도 민감하게 반응할 수 있는 새로운 정신을 가지게 된다.

긴 시간 동안 진행되는 아브라모비치의 워크샵이 특별해 보이지만, 사실 일상에서도 쉽게 발견할 수 있는 행위들이다. 손으로 무언가를 만드는 원데이 클래스, 요리를 하고 음악을 듣는 시간, 달리거나 산에 오르는 행위 등 신체 감각에 온전히 집중하는 동안 우리는 잃어버린 몸을 되찾는다. 아날로그를 찾는 문화 현상 또한 현대인들이 신체의 감각을 그리워한 결과일 테다. 미디어의 빠른 현전이나 기계의 운동 대신 신체의 느린 행위에 집중한 예술작품들도 이러한 사회의 흐름과 떼 놓을 수 없다. 특히나 신체를 이용해 지난한 수행을 반복하고 그 흔적을 남기는 작품들은, 눈으로 바라보는 관객에게도 신체의 감각을 일깨운다.

지근욱(b.1985) 작가는 직접 제작한 곡자를 이용해 색연필로 선을 긋는다. 유려한 곡선이 쌓이며 캔버스 위에 매끄러운 환영이 드러난다.[14] 물리학에서 말하는 입자의 운동과 우주의 파동을 눈에 드러나게 표현한 장면이지만, 한편으로는 작가가 아날로그적으로 노동한 흔적이기도 하다. 바닥에 캔버스 천을 펼치고 단순한 재료인 색연필을 지긋이 눌러 선을 긋는다. 반대편 손으로 곡자를 옮기고 다시 선을 긋기를 반복한다. 작가의 어깨와 팔이 움직이며 선이 쌓이고 화면이 팽창한다. 멀리서 보면 말끔해 보이는 선을 가까이 들여다보면 작가가 일부러 털어내지 않고 남겨둔 색연필 부스러기들이 보인다. 색연필과 캔버스 천이라는 재료들이 마찰한 흔적이자, 작가의 몸이 선 위에 실은 무게의 증거다.

한편 종이 위에 글자를 쓰고 지우기까지 반복하는 안다혜(b.1992) 작가의 작업은 더욱 수행적이다. 2022년의 전시 《혼자 지운 서사》

14) 지근욱 개인전《하드보일드 브리즈》, 2023.8.9-9.13, 학고재갤러리 (서울 종로구)

[15]에서 작가는 오랜 시간 수집하고 분석해온 가족 내의 언어를 자신의 내부에서 지워내기로 결심했다. 스스로 발화하지 않았는데도 가족 구성원인 자신을 규정하고 얽매는 언어였다. 가족으로부터 발화된 가시 같은 말을 나무에 못을 박거나 천에 자수를 놓는 등 되새기는 방식으로 전작을 꾸렸던 작가는 이제 이 말들을 모아 다시 쓰기 시작했다.

6개월간 약 1만 4천 여자를 종이 위에 연필로 새겼고, 다음 3개월 동안은 이 글자를 지우개로 지우거나 연필로 까맣게 칠해서 덮어버리는 방식으로 제거했다. 자기 몸에 새겨진 언어를 몸으로 뱉어내고, 다시 몸으로 지워냈다. 몸 안에 새겨진 기억을 지워내기 위한 반복적인 수행의 움직임이다. 약 9개월에 이르는 긴 작업기간 동안 기다란 롤 종이 위에 쓰고 지운 언어들은 전시장에 작품으로 남았다. 지워지고 덮였지만 종이 위에는 여전히 글자가 새겨졌던 흔적이 희미하게 보인다. 종이와 연필로 만든 아날로그적인 이미지 너머에서 사람이 움직인 흔적이 보인다.

기다란 롤 종이가 장막처럼 늘어져 전시 공간을 둘로 분할한다. 흰 종이 위로 작가가 지워낸 언어의 이미지가 흐르고, 관객은 손으로 종이 장막을 헤치고 다음 공간으로 넘어간다. 그곳에는 까맣게 지워낸 언어의 조각들이 퍼즐처럼 이어지며 만든 동그란 모양의 〈자리〉(2022)가 있다. 마치 탑돌이를 하며 무언가를 바라듯 동그라

15) 안다혜 개인전 《혼자 지운 서사》, 2022.10.04-10.16, 공간일리 (서울 종로구)

미의 둘레를 따라 걷는다. 지워내고 덮어내며 반복했던 작가의 수행을 떠올리며 몸을 움직이는 사이, 관객도 여기 '있다'의 감각을 느낀다.

지근욱 작가와 안다혜 작가의 작품처럼 몸이 움직인 과정의 흔적이 작품 속에 남아 있을 때 관객은 작품 너머 타인을 상상한다. 작가의 몸은 사라지고 이미지만 남았지만 그럼에도 몸은 사라지지 않았다. 관객의 몸이 작품을 감상하는 경험을 통과하며 작가의 사유에 닿는다. 이미지 사이에서 살갗과 살갗을 맞대며 우리는 서로 연결된다.

3-3. 몸을 포개며 연결되는 우리

질주하는 세계에서 소외되는 몸을 다시금 불러오는 일은 아날로그 매체만 가능한 일일까? 여기 마지막으로 가상현실(VR)이라는 첨단 광학 매체로 이미지를 만드는 작품이 있다. 가상현실이라는 매체는 비릴리오가 부정적으로 평가하는 광학기계 중에서도 어쩌면 가장 극단적일지 모른다. 눈앞에 완전히 새로운 세상을 펼쳐 놓았다가 기기를 벗는 순간 모든 것이 사라지기 때문이다. 그의 논리에 따르면 가상현실이야말로 우리의 신체를 빠르게 소외시키는 망각의 매체다.

권하윤(b.1981) 작가는 가상현실을 이용하여 타인의 경험을 생생하게 전하고자 한다. 영화 〈존 말코비치 되기〉(1999)에서 그랬던 것처럼 타인의 머릿속에 들어갔다 나오는 경험이다. 이를 통해서 하나의 사건을 바라보는 시선은 매우 다양할 수 있으며 진실은 하나가 아니라고 관객에게 말한다. 그는 최근 가상현실이라는 질주의 매체를 이용해 오히려 아날로그적 감각을 되살리는 시도를 하고 있다.

2021년에 공개된 가상현실 작품 〈잠재적인 마법의 순간을 위한 XX 번째 시도〉(2021)[16]는 작가가 기존에 발표했던 작품들처럼 기기를 착용한 채 참여하는 가상현실 작품이었다. 그런데 또 다른 장치가 더 있었다. 관람자를 따라 움직이는 퍼포머였다. 관객은 가상현실 속에서 각자 걷고 움직이며 다양한 동작을 하는데, 이때 훈련된 퍼포머가 관객 곁에 1대1로 따라 붙으며 그의 동작을 본따서 움직인다. 두 사람의 움직임은 하나의 대구를 이루며 시적인 풍경을 자아내고, 그 자체로 하나의 퍼포먼스가 된다. 가상현실은 기기를 착용한 관객과 이를 바깥에서 바라보는 사람 사이에 섞일 수 없는 벽이 생기게 마련인데, 작품의 내용을 잘 알고 있는 퍼포머라는 매개체를 통해서 안과 밖의 세계가 섞이는 새로운 풍경이 나타난다. 매체의 벽을 넘어 우리의 몸이 섞인다.

권하윤 작가의 최근작 〈잊어버린 전쟁〉(2023)[17] 또한 가상현실이

---

16) 《국립현대미술관 다원예술 2021: 멀티버스》-권하윤, 〈잠재적인 마법의 순간을 위한 XX 번째 시도〉, 2021.2.12-3.28, 국립현대미술관 서울관 Seoul 프로젝트 갤러리 (서울 종로구)

17) ACC 상호작용예술 연구개발 쇼케이스 《기억하기/감각하기 - 경험의 공동체》, 2023.10.26-11.19, 국립아시아문화전당 (전라남도 광주)

라는 매체를 이용해 관객의 몸과 기억을 일깨우고 속도를 늦추려고 시도한다. 작품의 서사는 6·25 전쟁의 가장 치열한 전투 중 하나였으나 잊혀지고 만 지평리 전투의 기억으로부터 시작된다. 전략적 요지였던 지평리를 중공군으로부터 지켜내기 위해 싸웠던 이들은 미군과 프랑스군 그리고 프랑스군에 편입된 소수의 한국군이었다. 이 전투는 미군의 승리로 기록되어 있으나, 생존한 참전용사들의 구술기록과 프랑스 등 각지에 남겨진 자료를 탐구하던 작가는 또다른 진실이 있다는 사실을 깨닫는다. 사건은 하나지만 바라보는 시선은 여러 개이며, 바라본 방향에 따라 다른 진실이 존재한다.

작가는 가상현실이라는 매체를 이용해 외신 기자와 한국군, 프랑스군, 심지어 중공군까지 여러 입장에서 바라본 사건을 관객이 경험할 수 있도록 이끈다. 기기를 착용하고 어둠 속에서 눈을 뜨면, 제각각 다른 행위 중인 인물들이 보인다. 그중 한 인물의 몸과 같은 위치에 내 몸을 위치시킨 뒤, 그의 손 위에 내 손을 포갠다. 가상현실 내에서 사용 가능한 핸드 트래킹(Hand Tracking)[18] 기술이다. 손의 움직임을 따라 하다 보면 어느새 장면이 바뀌고 그가 바라본 진실을 마주한다.

---

18) 사용자의 손동작을 인식하여 컴퓨터를 작동하는 기술이다. 권하윤 작가의 해당 작품에서는 관객이 VR헤드셋을 착용한 뒤 가상공간 안에서 만나는 인물의 손에 자신의 손을 포개어 동작을 따라 하면, 이 동작이 인식되면서 장면과 사운드가 전환된다.

관객은 인물마다 다른 시선을 차례로 경험하면서 사건을 입체적으로 바라보게 된다. 작품의 상영이 끝나고 기기를 벗으면 공연이나 퍼포먼스처럼 순식간에 모든 것이 사라지지만, 빛과 이미지가 사라진 뒤에도 기억을 가진 몸이 여기에 있다. 타인의 속도에 나의 속도를 맞추어 보며 서로의 경험을 상상하고, 하나의 사건을 여러 방향으로 살피며 느리게 경험한 몸이다. 이를 통해서 우리는 새로운 미디어를 어떻게 사용하느냐에 따라 질주하는 세계의 속도를 조절할 수 있다는 사실을 깨닫는다.

4. 속도 조절의 가능성

이렇게 우리는 여전히 살갗을 부대끼며 몸으로 발화하고 또 사유한다. 물론 지금도 멈출 줄 모르고 질주하는 세계에서 이미지와 몸은 파편이 되어 흩어지고 있다. 그러나 그 사이에서도 가냘프지만 온전한 서로의 존재를 더듬어 확인한다. 낭시의 책 제목처럼, 몸은 여기 있지만 한편으로 아주 멀리서부터 온다. 멀리 있는 그것을 끌어당기기 위해서는 창조하고 저항하는 힘이 필요하다. 동시대의 예술가들은 속도의 차이를 가시화하고, 살갗을 부대끼며 세계를 만지고, 몸을 움직인 흔적을 남긴다. '있다'의 감각을 재현하며 신체를 현전시키려는 노력이자, 빠른 속도를 거스르며 저항하는 태도다.

우리는 변화하고 생성하는 흐름 속에 살아가면서 수많은 이미지를 통과하고, 그 중 지각된 것을 '기억'한다. 앙리 베르그송(Henri Bergson, b.1859)은 현재를 지각하기 위해서 과거의 경험으로부터 건져 올린 이미지들을 '이미지-기억'이라고 불렀다. 예술가들은 동시대를 지각하고 이미지를 건져 올리며 자신이 경험한 시대를 작품이라는 형식으로 물질화시킨다.

베르그송은 관념을 표현하여 교훈을 전하던 과거의 회화와 달리, 있는 그대로의 살아있는 장면을 그림으로써 관객과 공감하는 자연주의 회화를 더 높이 평가했는데, 아주 작은 풍경일지라도 그런 기록들이 모여 서로의 사유를 연결하고 아래로부터의 변화를 만들 수 있기 때문이다. 오늘을 살아가는 예술가들이 자신의 몸을 통과한 이미지를 펼치는 작은 시도는, 개인의 기억을 발화함으로써 우리가 살아가는 시대 안에 공동의 서사를 구축하는 과정이다. 이러한 '이미지-기억'이 촘촘하게 모였을 때, 우리는 속도의 권력에 지배당하지 않고 아래에서부터의 변화를 일구어낼 수 있다.

두 발을 땅 위에 단단히 딛는다. 실제로 달리며 땅을 딛고 밀어내는 발바닥, 흙의 냄새와 공기의 습도를 느끼는 호흡기, 과정을 모두 바라본 눈동자가 여기 '있다'. 기차에 올라타 잔상을 부여잡은 채 의식을 잃어버린 텅 빈 신체가 아니라, 진짜 기억을 가진 우리의 몸이다. 세계와 부딪히며 감각하는 몸이 천천히 쌓아낸 것들이 예술과 삶을 지속한다. 비릴리오는 질주하는 세계에 희망이 없다고 판단했지만, 우리의 몸이 여기 있는 한 쉽게 포기할 수 없다. 잃어버린 시간을 예술을 통해 되찾을 수 있다는 마르셀 프루스트의 이야기[19]를 되새긴다. 우리에게는 아직 사라지지 않는 이미지, 여전히 감각하는 몸, 지속함으로써 저항하는 예술이 존재한다. 그리고 여기에 희망과 가능성이 남아 있다.

19) 마르셀 프루스트는 대표작 『잃어버린 시간을 찾아서』를, 베르그송의 '이미지-기억'에서 영감을 얻어 집필했다고 한다. 주인공은 예술(문학)을 통해서 자신의 존재를 확신하고 잃어버린 시간을 되찾으며 미래로 나아간다.

당선소감

김 지 연

글은 쓸수록 더 모르겠습니다. 50년 넘게 작업했지만 '아직도 예술이 무엇인지 모른다'며, 그저 '살아있으니 지속해야 한다'는 성능경 선생님의 말씀에 기대어 가을과 겨울을 보냈습니다. 그 사이에서 무용한 글일지라도 쓰는 행위는 무용하지 않다고 믿었습니다.

미술비평은 작품과 독립된 하나의 글로 기능할 수 있어야 한다고 생각하지만, 그럼에도 시작에는 작품이 있기에 제 글은 언제나 현장에 빚지고 있습니다. 현장의 작가들에게 존경을 전합니다. 그리고 멀리 돌아가는 제 등을 지켜보며 기다려준 가족, 한결같이 머물며 응원을 아끼지 않은 친구와 동료들에게 깊은 감사와 애정을 전하고 싶습니다.

계속해서 글을 써왔지만 70매가 넘는 긴 글을 발표할 지면은 거의 주어지지 않기 때문에, 드문 경험이자 도전이었습니다. 아직 부족한 글을 선정해주신 것은 아무래도 더 나아가보라는 뜻이리라 짐작하며, 지금 이 자리를 종착지가 아닌 통과 지점으로 여기고 정진하겠습니다. 언젠가는 쓸모있는 비평을 생산하는 사람이 되고 싶습니다.

'속도'가 소멸시킨 것들 살피며
기술문화·미술의 접속점 정확히 짚어내

올해 응모된 미술비평 중 가장 많은 분야는 개별 작가론으로, 거의 50%를 차지했다. 작가론은 통일된 내용 전개가 가능하지만, 왜 그 작가인지에 대한 객관적 맥락이 부각돼야 하므로, 미술계에 대한 더 거시적인 조망이 요구된다. 이중섭, 김환기, 방혜자, 장우성 같이 근대 미술사의 반열에 오른 작가는 물론, 양혜규같이 세계 현대미술의 장에서 두각을 나타내는 작가 또한 마찬가지다. 대중에게 다소간 생소한 작가나 외국 작가는 말할 나위도 없다. 만약 그들이 연구 대상으로 선택되었다면, 색다른 해석이 추가돼야 한다. 한 작가에 대한 비평은 결정적인 한 번이 아니라 매번 갱신되는 것이다. 올해 응모작 중 드가에 대한 평문은 '아직도' 중요한 회화의 가능성을 가독성 있는 뛰어난 문체로 해명했지만, 미술사나 미학, 학계와 현장 간의 역할 분담을 고려했다. 미술비평은 지금 여기에서 진행 중인 작가, 작품, 현상에 대한 분석을 우선시한다. 한 작가를 연구할수록 그를 규정하는 '이즘'은 희미해지기 마련이다. 중요한 작가일수록 분류 불가능한 다양한 실험을 해왔음이 드러나기 때문이다. 그래서 필자가 선택한 그 작가만이 중요하다고 확신하는 경향이 객관성을 흐리는 요인이다. 한 해에도 수많은 전시가 열리고, 그중 소수만 비평적 조명을 받는다. 한국의 미술계에서 비평가는 결코 권력자가 아니지만, 비평은 그 자체가 특정 작가나 전시를 선택한다는 점에서 담론은 권력이다. 올해 공모 평문에서 미술계를 조망하는 여러 현상을 다룬 것으로, 공공 영역, 온라인, 아카이브 등을 장으로 한 미술문화 현상에 대한 비평이 있었다. 공예와 현대, 또는 현대미술의 관계를 다룬 논쟁적인 평문, 비평 그 자체에 대해 메타적인 차원의 비평도 있었다. 다만 전체적인 현상을 다루는 문제이다 보니 필자의 입장이나 세계관 등을 장황하게 논하면서, 정작 본론 부분이 많이 침식된 점이 아쉬웠다. 개별 분석으로 바로 들어가도 어차피 입장은 드러나기 마련이므로 논의의 효율적 전개가 중요하다. 당선작인 '질주하는 세계, 그럼에도 지금 여기 '있는' 몸'은 근대 이후 가속도가 붙은 현실을 폴 비릴리오의 이론을 활용하여 속도가 소멸시킨 것들, 그중에서 몸에 준 영향을 살피면서 당대의 지배적인 기술 문화와 미술의 접속점을 정확하게 짚어냈다.

심사위원 : 이선영(미술평론가)

2024 조선일보 신춘문예 문학평론

최 의 진

2000년도 서울 출생
동국대학교 국어국문학과 졸업
2024년 《조선일보》 신춘문예 문학평론 부문 당선
right_jin0722@naver.com

빈집의 빈 외투로부터 다시 발화하는 기다림

– 기형도와 젊은 시인들

최 의 진

1. 발화(發火)

시는 스스로 불태우며 쓴다. 그 불길 속에서 '나'를 중심으로 하던 서정의 권위는 해체되었고, '나' 아닌 목소리들의 위계 없는 등장은 이전 세대의 시들이 닿지 못했던 새로운 세계를 탐색하며 문학의 지평을 확장했다.[1] 그렇다면, 시가 지금껏 걸어온 자리는 현재 어떤 의미로 존재하는가? 한 가지 분명한 것은 의미 있는 쓰기를 계속하기 위해서는 불태워온 자리가 단지 잿더미가 아님을 인정해야 한다는 것이다. 이를 위해 헌정은 과거의 시를 현재의 시각으로 다시 읽는다. 그리고 새로 발굴한 의미를 기초로 새로 쓰기를 시도하며, 이미 논해진 의미 이상을 향하여 과거와 함께 걸어간다.

---

1) 신형철, 「문제는 서정이 아니다-웰컴, 뉴웨이브」, 『몰락의 에티카』, 문학동네, 2008, 202~203면.

추모가 과거의 권위를 재건하는 위험에서 자유롭지 못할 때, 헌정은 불태우며 걸어온 자리가 남긴 불씨를 지금의 새로운 의미로 옮겨 쓴다. 과거의 불씨가 재점화되는 자리에서 지금 여기의 목소리와 과거의 시는 한 자리에서 녹고, 뒤섞이기에, 과거에 덧씌워진 신화와 권위는 해체된다. 즉, 헌정은 지금 여기에서 과거의 불꽃을 발화할 뿐 아니라 지금껏 써온 자리의 의미를 새롭게 하는 것이다. 기형도 유고 시집 『입 속의 검은 잎』 발간 30주년을 기념하여 출간된 트리뷰트 시집 『어느 푸른 저녁』은 이처럼 추모와 구분되는 헌정의 자리에 놓인다. 발화(發火)를 시도하는 젊은 시인 88인은 기형도를 "도저한 부정성"[2]과 연결되는 죽음이나 "위태롭고 불안전한 수직 이미지"에 매달린 예수[3]로만 바라보지 않는다. 이들은 그의 죽음을 쓰는 것이 아니라 그의 안에서, 그를 뚫고 나가며, 그가 못다 한 말을 이어받고, 못다 본 희망을 실현한다.

2. 응답을 기다리는 곳

헌정의 첫 단계는 과거의 시를 지금, 여기에서 다시 읽는 일로부

---

2) 김현, 「영원히 닫힌 빈방의 체험」, 『정거장에서의 충고』, 문학과지성사, 2009, 197면.

3) 권성훈, 「시인의 죽음과 영웅 신화의 조건들-기형도론」, 『계간 시작』 19(1), 천년의 시작, 2020, 219~220면.

4) 푸코는 현대성을 시대를 나누는 시간적 개념이 아니라 현대를 대하는 "일종의 태도"로 본다. 미셸 푸코, 김성기 역, 「계몽이란 무엇인가」, 『모더니티란 무엇인가』, 민음사, 1994, 350면. 참조.

터 시작한다. 이는 곧 과거의 시가 가진 현대성[4]을 찾아가는 것으로, "덧없는 것, 순간적인 것, 우연한 것"[5]이 가득한 의미 상실의 시대에서, "다른 것을 한번 상상해보려는 필사적인 열망"[6]을 발견하는 일이다. 기형도의 현대성은 그의 시에서 묘사되는 도시와 긴밀한 관계에 놓이는데, 그의 도시는 "한 번도 본 적이 없는 사내들과 건물들"(「진눈깨비」[7])과 같은 낯선 풍경의 충격이 존재하는 곳이자 퇴근길의 수많은 인파가 파편화된 채 얼굴 모를 군중이 되어 "제각기 하루의 스위치를 내리고 웅성이며"(「거리에서」) 사라지는 곳이다. 덧없고 순간적이고 우연한 것[8]이 가득한 도시가 움직이고 변화하는 속도는 하나의 선으로 이어갈 수 없을 만큼 빨라서, 기형도의 도시는 무엇을 잃어버렸다는 사실조차 잊어버리는 상실의 중첩 상태에 놓였다. 무엇을 잃어버렸는지조차 인식할 수 없게 된 도시에서 기형도의 화자들은 상실을 포착하는 목격자로서 '잃어버림' 자체를 복구한다[9]. 상실로부터 회복하는 일은 무엇을 잃어버

5) Charles Baudelaire, J.Mayne 옮김, The Painter of Modern life and Other Essays, Phaidon, 1964, 13면.

6) 미셸 푸코, 위의 책, 350~354면 참조.

7) 기형도, 「진눈깨비」, 『길 위에서 중얼거리다』, 문학과지성사, 2019, 16면. 이후 같은 책에서 인용한 시들은 트리뷰트 시집의 인용문과 구분하기 위해 이탤릭체로 제목만 표기한다.

8) Charles Baudelaire, 앞의 책, 같은 면.

9) 기형도의 화자는 사후주체로서 '나는 쓴다'는 행위를 전면에 내세우며 화자가 지나간 사건을 기록하고 포착하는 존재임을 명시하거나, 미래의 시점을 상정하여 이미 지나온 삶을 대상화한다. 그들은 과거 시제와 회상의 시제로 진술되나, 이는 "과거

렸는지 확인하는 일로부터 시작하기 때문이다.

그는 어디로 갔을까
너희 흘러가버린 기쁨이여
한때 내 육체를 사용했던 이별들이여
찾지 말라, 나는 곧 무너질 것들만 그리워했다
이제 해가 지고 길 위의 기억은 흐려졌으니
공중엔 희고 둥그런 자국만 뚜렷하다
물들은 소리 없이 흐르다 굳고
어디선가 굶주린 구름들은 몰려왔다
나무들은 그리고 황폐한 내부를 숨기기 위해
크고 넓은 이파리들을 가득 피워냈다
나는 어디로 가는 것일까, 돌아갈 수조차 없이
이제는 너무 멀리 떠내려온 이 길
구름들은 길을 터주지 않으면 곧 사라진다
눈을 감아도 보인다

의 시간이 마음속에 재생되도록 내버려 두거나 다시 돌아올 수 없는 시간을 그리워하는" 단순한 회상과는 다르게 "과거의 사건을 현재의 관점에서 소환하여 그것으로부터 거리를 두고 재구성하며, 그렇게 재구성하는 행위 자체를" 직접적으로 드러낸다. 오연경, 「기형도의 사후 주체와 거리두기 전략」, 『한국시학연구』 58, 한국시학회, 2019, 132~137면 참조.

어둠 속에서 중얼거린다
나를 찾지 말라…… 무책임한 탄식들이여
길 위에서 일생을 그르치고 있는 희망이여

-「길 위에서 중얼거리다」, 전문

지나온 과거를 상실한 자들에게는 현재 목격하는 풍경("희고 둥그런 자국만 뚜렷하다/물들은 소리 없이 흐르다 굳고/어디선가 굶주린 구름은 몰려왔다")이 파편화된 단편일 뿐, 변해온 과거와 현재, 그리고 변해갈 미래라는 하나의 선으로 연결될 수 없다. 그러나 과거를 현재의 관점에서 소환하는 화자에게는 길 위의 풍경이 하나의 파편이 아니라 이전부터 모습을 바꾸며 이어진 형상으로 인식된다. 화자는 자신이 바라보는 풍경에 과거가 있었음을 인식하며, 풍경의 과거를 현재로 소환한다. 이를 통해 단지 파편으로 존재하던 이미지들은 과거를 획득한다. 길은 파편화된 길이 아니라 "너무 멀리 떠내려온" 길이 되고, 현재 존재하지 않는 기쁨도 "흘러가버린 기쁨"의 상태로 존재하게 된다. 사라진 과거를 포착하는 시선을 통해 "크고 넓은 이파리들"은 "황폐한 내부"를 숨기기 위해 자라났다는 사실이 밝혀지며, 공중의 "희고 둥그런" 모양은 처음부터 그 모양으로 존재했던 것이 아니라 "길 위의 기억"이 흐려지며 남긴 자국으로 복구된다. 지금은 굳은 채로 멈춘 물도 "소리 없이" 흐르던 시절이 있었으며, "굶주"리기 이전의 구름 또한 상상할 수 있게 된다. 이처럼 상실을 복구하는 화자는 길 위의 순간으로 파편화된 현재의 모습이 그 모습이 되기까지 변해온 역사를 가졌다는 사실을 인식함과 동시에 상실을 인식한다. '무언가 있었던 과거'를 인식함을 통해 '무언가 사라진 현재'를 파악하게 되며, 이를 통해 무언가를 상실했다는 사실, 즉 잃어버림을 복구하는 것이다.

한편, 상실을 복구하는 자는 외롭다. 상실을 인식조차 할 수 없는 상실의 중첩 상태에서 상실을 깨닫는다 해도, 이미 잃어버린 것이 상실의 주체나 상실을 목격한 화자에게 돌아오지도 않기 때문이다.

(i)

유리창 너머 한 사내가 보였다
그 춥고 큰 방에서 서기(書記)는 혼자 울고 있었다!
눈은 퍼부었고 내 뒤에는 아무도 없었다
침묵을 달아나지 못하게 하느라 나는 거의 고통스러웠다
어떻게 해야 할까, 나는 중지시킬 수 없었다
나는 그가 울음을 그칠 때까지 창밖에서 떠나지 못했다

-「기억할 만한 지나침」, 부분

(ii)

감당하기 벅찬 나날들은 이미 다 지나갔다

그 긴 겨울을 견뎌낸 나뭇가지들은
봄빛이 닿는 곳마다 기다렸다는 듯 목을 분지르며 떨어진다
그럴 때마다 내 나이와는 거리가 먼 슬픔들을 나는 느낀다
그리고 그 슬픔들은 내 몫이 아니어서 고통스럽다

그러나 부러지지 않고 죽어 있는 날렵한 가지들은 추악하다

-「노인들」, 전문

인용문 (i)과 (ii)의 화자는 모두 상실을 복구하는 최전선에 서 있다. (i)의 화자의 등 뒤에는 "아무도 없"기에 화자가 상실을 복구하기를 포기하는 순간 우는 이유조차 알 수 없게 된 서기의 슬픔이 존재했다는 사실은 잊히고 상실의 중첩에 파묻힐 것이다. (ii)의 화자가 부러진 나뭇가지들의 과거에 "이미 다 지나"간 "감당하기 벅찬 나날들"을 견뎌냈다는 사실을 배치하지 않으면 부러진 나뭇가지들은 "부러지지 않고 죽어 있는 날렵한 가지들"과 마찬가지로 "추악"해질 것이다. 봄을 견디며 쇠약해져 "목을 분지르며 떨어"지는 나뭇가지들이 실은 "봄빛이 닿는 곳"을 기다려왔다는 사실이 지워진 채 바닥을 구르는 흔한 나뭇가지, 파편으로 전락하는 것이다. 이러한 복구를 홀로 감당하는 과정에서 화자가 느끼는 것은 "내 몫이 아니"고 "내 나이와는 거리가 먼 슬픔"이며, 그들은 이 슬픔에서 쉽게 헤어 나오지 못한다. 상실을 복구할 뿐, 잃어버린 것

을 되찾을 방법은 알지 못하는 무력함("어떻게 해야 할까, 나는 중지시킬 수 없었다"/"그 슬픔들은 내 몫이 아니어서 고통스럽다")이 그들을 놓아주지 않기 때문이다. 이처럼 상실을 잃어버린 상태에서 상실을 복구할 뿐, 상실로부터 온전히 회복되는 자리로 나아가지 못하는 현대성은 상실을 회복하는 자들이 슬프고 무력할 수밖에 없다는 한계를 품고 있다.

그러나 기형도의 현대성은 "벗어둔 외투 곁에서" 사랑을 잃고 "흐느"끼는(「그 집 앞」) 슬픔이나, "희망을 노래하련다"는 다짐까지도 "나는 이미 늙은 것"(「정거장에서의 충고」)이라는 탄식으로 끝나는 절망으로만 존재하는 것이 아니다. "이젠 아무런 일도 일어날 수 없으리라"는 절망과 "너를 생각할 때마다 눈물이 흐"르는 슬픔을 견디고, 눈물을 "아무 때나"(「희망」) 흘리지 않을 날을 상상하는 희망 또한 존재한다. 이는 홀로 상실을 복구하는 자가 필연적으로 빠질 수밖에 없었던 외로움과 슬픔을 넘어설 가능성이자, 아직 완성되지 못한 미완결의 희망이다. "눈 녹아 흐르는 방향을 거슬러/우리의 봄은 다가"(「겨울 · 눈 · 나무 · 숲」)오고 있음을 보게 하는 희망은 슬픔과 무력함 외의 것을 상상하는 길을 낸다. 미완결된 상상은 과거의 시도가 가진 필연과 제약, 한계가 무엇인지를 발견하고, 발견된 제약을 넘어설 수 있는 위반의 자리를 탐색[10]하며, 현재에 응답의 자리를 열어둔다.

10) 이는 푸코적 비판으로, 비판은 현대성이 지닌 한계와 제약을 발견하고 이를 넘어설 수 있는 위반의 자리를 탐색하는 것이다. 미셸 푸코, 앞의 책, 359~360면 참조.

3. 그의 안에서

미완결된 희망을 품은 과거의 시는 더는 과거의 신화가 아니라 현재의 응답을 향해 열린 형태로 존재한다. 헌정은 먼저 과거의 시 안에서 응답을 시작한다. 이 응답은 과거의 언어를 동력으로 현재를 쓰고, 다시 읽기를 통해 발견한 현대성이 지금 이곳에서 시를 쓰는 일에도 유효한 부분이 있음을 확인하며 이루어진다.

나는 오늘 그 자리에 한 발자국도 꼼짝 않고 있었는데
매일 오늘이, 오늘 만난 사람처럼
나를 투명하게 통과해간다
나는 오늘 여기 그대로 서 있었는데
이상하기도 하지, 매일 나를 통과해간 오늘 저녁들 때문에
컨베이어 벨트 위에 올려진 듯
내가 쉼 없이 움직이고 있었다는 것이

(중략)

검은 건물 속에서 매일 보는 사람들이 처음 보는 사람들처럼
까맣게 번져 나오는 이상한 시간

– 김중일, 「오늘 푸른 저녁」, 부분[11)]

화자가 놓인 도시는 기형도의 화자가 존재하던 도시보다도 더 빠른 속도로 움직인다. 이곳은 "어느 푸른 저녁"(「어느 푸른 저녁」)이라는 특정한 순간에 목격했던 상실의 풍경이 매일 반복되는 "오늘"로 변해버리고, "서로를 통과해"(「어느 푸른 저녁」)감을 목격하던 화자가 "나를 투명하게 통과"해버리는 날카로움을 직접 경험할 수밖에 없는 도시다. 덧없고 빠르게 스쳐 가는 "오늘"에 관통당한 화자는 더는 속도를 관조하는 목격자로만 존재할 수 없다. "그대로 서 있었"다고 생각하지만 자기도 모르는 사이에 도시의 속도에 휘말려 "쉼 없이 움직이고 있는" 당사자가 된 것이다.

그러나 상실을 바라보는 목격자의 위치에서 밀려나 도시의 속도에 휘말린 당사자가 되었음에도 화자는 여전히 도시의 속도와 풍경을 목격하며, "처음 보는 사람들처럼/까맣게 번져 나오는" 사람들을 낯선 풍경으로 여기는 것이 아니라 그들이 "매일 보던 사람들"임을 기억하고 있다. 이는 화자가 「어느 푸른 저녁」의 언어를 변주하며 말하기에 가능하다. 기형도의 화자가 "어느 푸른 저녁"에 서 있었던 자리와 거기서 목격했던 풍경이 화자에게 목격자의 위치를 확보해주는 것이다. 어느 한때의 상실이 "매일 오늘"의 일상이 되어버릴 만큼 빨라진 도시의 속도에도 불구하고 기형도의 「어느 푸른 저녁」으로 침투하고 이를 변주하는 일련의 경유를 통해, 화자는 "어느 푸른 저녁"과 닮아 있는

11) 김중일, 「오늘 푸른 저녁」, 『어느 푸른 저녁』, 38~39면. 이후 같은 책에서 시를 인용할 때는 『길 위에서 중얼거리다』의 인용문과 구분하기 위해 시인과 제목을 병기한다.

"오늘 푸른 저녁"의 상실을 목격하고 쓸 수 있다.

이처럼 기형도의 언어를 경유하고 변주하며 상실을 포착하는 목격자의 위치를 다시 확보하는 화자가 있는 한편, 또 다른 헌정시의 화자는 기형도와 같은 방법으로 상실을 복구하며, 맥락에서 이탈한 이미지들을 재구성한다.

> 나의 벽에는 코트가 하나 걸려 있다 나는 저 코트의 주인이 아닐지도 모른다 그런 생각은 내게 단추를 하나 채우도록 만들지만 침묵하는 나의 빈 코트 우리는 얼마나 많은 겨울을 건너온 것일까 몇 번의 밤 몇 개의 느린 눈송이 차마 내려오지 못하던 그 겨울들의 이력 몇 장의 백지 몇 가닥의 마른 손끝 검은 나무들이 날린 잎사귀들의 두려움 기억한다 우리를 비틀거리게 하던 그림자 그림자의 사이 지나쳐버린 속도 배웅해야 했던 웃거나 웃지 못하고 떨어뜨린 딱딱한 이름들 잊지 않을 것이다 한쪽 주머니에서 찾아낸 식은 글자들 꺼내 읽어보려 했던 입술의 창백한 모양 그저 음악 같던 추위와 추위의 하얀 뼈
>
> – 유희경, 「빈 코트」, 부분

기형도의 언어는 "빈 코트"의 형상으로 도래한다. 주인의 자리가 공백이 된 코트는 화자가 "나는 저 코트의 주인이 아닐지도 모른다"고 생각하게 함과 동시에, 화자의 것이 될 가능성 또한 가지고 있다. 코트

를 수선하는 대신 단지 코트의 "단추를 하나 채"워 그것을 "나의 빈 코트"로 삼는 화자는 기형도가 상실을 복구하던 방법 그대로 상실을 목격하고 기록한다. 그러나 화자가 기록한 이미지들은 과거를 온전히 가지고 있지 않다. "몇 가닥의 마른 손끝"이 누구의 것이었는지, "딱딱한 이름들"은 누구를 부르던 것인지, "식은 글자들"은 결국 무엇을 의미하는지를 알 수 없다. 일련의 이미지는 소유격과 과거를 상실한 채 맥락에서 이탈한 파편처럼 부서져 있다.

그러나 기형도의 언어가 명백한 주인을 가진 코트가 되지 않고 "빈 코트"인 채로 "침묵하"기에, 화자는 새로운 맥락을 만들 공간을 얻는다. 이 공간에서 화자는 "기억"하고 "잊지 않을" 것을 다짐하며, 파편화된 이미지들이 겪어왔을 과거를 "우리"가 건너온 "많은 겨울"로 다시 쓴다. 사라진 줄도 몰랐던 것을 상상하며 상실을 복구하던 기형도의 시도를 이어받을 뿐 아니라, 상실해버린 맥락까지도 화자 자신이 기억하는 겨울로부터 새로 만들어내는 것이다. 그때 누구의 것인지 모르게 되며 맥락에서 이탈했던 "딱딱한 이름들"과 "마른 손끝"은 화자가 기억하는 겨울을 구심점으로 삼아 "그 겨울들의 이력"이라는 맥락 안에 재구성된다. 이처럼 기형도가 남겨둔 공간에서 자신의 기억으로부터 새로운 맥락을 부여하고, 그것을 잊지 않겠다 다짐하는 화자의 시도는 잃어버림 너머로 나아갈 위반을 시도하는 단초가 된다.

4. 그의 밖으로

헌정은 기형도의 안에서 현재의 잃어버림을 복구할 뿐 아니라 그것을 딛고 미완결된 희망 밖으로 빠져나온다. 과거의 시가 지닌 신화와 권위는 그의 안에서 쓰는 시도와 균열을 겪으며 사라졌기에, 과거의 곁에서 대등하게 선 헌정시의 화자는 그의 곁에서 쓰는 자로 선다. 이들은 그의 안에서 현재의 의미를 확인하는 것을 넘어 이후의 의미를 향해 전진한다. 외로움과 슬픔, 무력함의 제약을 뛰어넘는 위반을 향하여, 미완결된 희망이 성취되는 자리를 향하여.

빈집에 초대되었습니다
헐겁게 잠겨 있던 문을 열고 들어와
스스로를 가두고 나는 씁니다

(중략)

인사는 말자
저녁마다 산책을 떠났다가
돌아와 문을 굳게 걸어 잠그고 빈집에 갇혀
나는 쓰고 있습니다
친애하는
초대하는

– 박세미, 「빈집에 갇혀 나는 쓰네」, 부분

빈집은 "더 이상 내 것이 아닌 열망들"이나 "가엾은 내 사랑"(「빈집」)과 같이 이미 상실한 것을 가둬둔 곳이자, 동시에 누군가 들어올 수 있도록 비어 있는 공간이다. 이 여백은 "빈 코트"(「빈 코트」)의 비어 있음과 같은 종류로, 새로운 무언가를 쓰도록 허락하는 침묵이자 빈집 안으로 들어오라는 초대가 된다. "빈집에 초대"받은 화자는 기형도가 상실을 가둬둔 곳에 들어가 앉아 함께 쓰는 행위를 통해 초대에 응한다. 이는 곧 기형도에게 보내는 "친애"다. 상실 이후로 나아가지 못하고, 홀로 상실을 포착하며 슬픔과 외로움을 겪을 수밖에 없던 기형도의 제약과 한계는 이 친애로 말미암아 위반된다. 화자는 "저녁마다 산책"하듯 밖으로 나갈 수도 있지만, 다시 빈집으로 "돌아와" 함께 쓰는 일을 스스로 택하기에 기형도의 화자는 더는 필연적으로 슬프거나 외롭지 않다.

한편, 화자의 친애는 빈집 내부에만 갇히지 않는다. 그는 "친애하는" 동시에 "초대하"고 있기 때문이다. 초대는 외부로 향하기에, 화자가 "빈집에 갇혀"서 "스스로 가두고" 쓴 것들은 초대와 함께 빈집 바깥으로 빠져나가며 빈집은 다시 누군가 들어올 수 있는 공간으로 남는다. "초대하는" 행위를 통해 발신된 친애는 응답으로 돌아올 친애를 기대하고 기다리며, 초대받은 누군가가 또 한 번 미래에서 응답할 수 있는 자리를 열어둔다. 그렇게 "친애"를 담아 "초대"된 다른 화자는 함께 쓰기와는 또 다른 방법으로 상실과 슬픔 너머를 내다 본다. 그 시선은 잃어버린 것을 돌려받지 못해 비어 있는 상실의 자리와 지금 자신이 가지고 있는 것 사이를 오간다.

외투를 잃어버린 남자는
외투에 대한 생각에 사로잡혀
외투 없이
겨울에 갇혔다

나는 여름에 남자를 생각했다
외투를 빌려주었다면
그는 여기서 밝고 환하게 웃고 있을까
귀뚜라미 소릴 들으며
부질없이
생각했다

외투 없이 겨울을 보낸다는 걸
나로서는 상상할 수 없었기에
이따금 중얼거렸다

지금이라도 내 외투를 빌려가지 않겠어요?

- 강성은, 「겨울에 갇힌 한 남자에 대하여」, 부분

"겨울에 갇힌 한 남자"는 도저한 부정성을 가진 기형도의 화자이자 어쩌면 기형도 자체로도 읽을 수 있다. 기형도의 시에서 '겨울'을 다룬 시를 통해 남자의 이미지를 구체화하자면, 그는 "두꺼운 외투와 커피 한 잔으로 겨울을 정복하는 꿈"을 꾸었으나 슬픔과 무력함의 제약에 갇혀 "희망인가 절망일 건가"(「우리는 그 긴 겨울의 통로를 비집고 걸어갔다」)를 두고 고뇌에 빠진 자로 볼 수 있을 것이다. 겨울 이후의 계절에 도착하지 못하고 미완결의 상태로 남은 이 남자는 화자의 가정 속에서만큼은 외투를 빌려 입은 채 "밝고 환하게 웃"는 얼굴로 이곳, 여름에 존재한다.

그러나 화자는 여름의 남자를 상상하는 것에서 그치지 않고, 목소리를 내어 "중얼거"리며, 지금 자신이 가지고 있는 것을 그가 상실한 자리를 향해 건넨다. "지금이라도 내 외투를 빌려가지 않겠어요?" 그 질문을 통해 여름 속에서 "밝고 환하게 웃"는 남자는 가정과 상상의 단계를 넘어 외투를 입고 겨울을 견딘 후 여름에 살 수 있는 가능성을 얻는다. 외투 입은 남자를 상상하는 것을 넘어 자신의 "외투를 빌려"가기를 직접 권하는 일은 희망을 실현하는 출발점에 서는 것과도 같다. 단지 안부를 묻거나 겨울을 뒤덮은 탄식을 함께 하는 것이 아니라 "내 외투"를 직접 벗어주는 화자는 더는 슬프거나 무력하지 않다. 상상을 넘어 실현으로 전진하는 중얼거림이 있기에, "어떻게 해야 할"지를 모르고, 슬픔을 "중지시킬 수 없"(「기억할 만한 지나침」)던 겨울의 무력함은 과거에 버려지지 않고 외투를 입은 채 여름을 향한다. 그러나 과연 여름은 완벽한 회복이자 영원한 완결이 될 수 있는가.

> 붕괴해봤자 영원한 붕괴란 없다. 우리는 죽지 않고. 신이 사라지고 신 아닌 것들만 남아 있다. 너는 그림자처럼 일어나 긴 장화를 신고 쓰레기를 밟았다. 네가 걸을 때마다 우리의 지하실은 점점 넓어졌다. 우리는 어떻게 될까. 우리의 영혼이 다른 몸으로 갈아탄다면
>
> 외롭지 않지. 외롭지 않으니 슬플 일 따위도 없지. 내 손을 더 깊은 바닥으로 잡아끌면서 너는 웃었다. 너는 웃으면서 붕괴된 표정으로 잉크통을 쏟았다. 바닥에 흐르는 잉크를 더 먼 곳으로 흘려보냈나. 떨어지고 흐른 후에야 활자 하나 얻는 시간이 있다. 마치 낙엽처럼. 잎사귀에서 낙엽으로. 창문에서 떨어지고 있다.
>
> – 이영주, 「시인에게는 시인밖에 없다는 말」, 부분

시가 스스로 불태우며 지금 쓰는 곳 이상을 향해 나아가듯, 헌정 또한 지금 여기를 최종 목적지로 삼은 채 완결을 이룰 수 없다. 함께 쓰고, 외투를 내어주며 겨울에서 여름에 이른다 해도 그 여름은 완벽한 완결도, 종착지도 될 수 없는 것이다. 그렇기에 인용문의 "나"와 "너", 시인과 시인이 모여서 된 "우리"는 일정 부분 무력하다. 네 걸음으로 "지하실"을 점점 넓혀가더라도, 여전히 "지하실" 밖으로 떠날 길은 아직 찾지 못했고, "붕괴된 표정"을 붕괴 이전으로 돌이킬 방법은 요원

하게만 보인다. 그러나 홀로 상실을 복구하던 시인 곁에 시인 한 명이 더 설 때, "지하실"과 "붕괴"는 슬픔과 무력함으로만 남지 않는다. 오히려 "영원한 붕괴란 없"으며, "외롭지 않"다고 선언하며, 기형도의 화자가 멀리서 바라보던 희망을 이곳에서 살아낸다.

가능성으로만 보이던 희망을 살아낼 때, 네가 "흘려 보"내는 것을 내가 포착하는 작은 연대가 가능해진다. "떨어지고 흐"르고 마는 슬픔을 위반하며 "활자 하나"를 얻는 새로운 쓰기의 순간이 도래한다. 헌정이 만들어낸 새로운 쓰기의 순간 속에서, "혼자 울고 있"는 서기와 건물들이 제 형상을 잃고 "눈을 뒤집어" 쓴 채로 "희고 거대한 서류 뭉치로 변해"(「기억할 만한 지나침」)가던 상실과 슬픔의 거리는 친애와 연대의 모습으로 바뀐다. 그때, 가능성으로만 존재하던 희망이 "내 곁을 걸어가는 한 사람의 단단함"(이제니, 「너는 나의 진눈깨비 앵무의」)이 되어 거리를 걷기 시작한다.

5. 미완의 역설

헌정은 이미 다 불타버린 줄만 알았던 과거에서 미완된 지점을 발견하고, 이를 응답의 요구로 읽으며, 과거가 남긴 언어 안에서, 그리고 그 바깥으로 나오며 새로 쓰기를 시도한다. 다시 읽고, 새롭게 응답하려는 시도가 있을 때 기형도는 더는 죽어 있지 않다. 요절이라는 현실의 사건과 결합하여 죽음의 신화 속에서 읽히던 기형도는 상실을 복구하는 자이자, 슬픔과 무력함을 앓으면서도 희망을 보던 자로 선다. 그리고 그 희망은 한 시대의 것으로 그치지 않고 이제 지금, 여기의 희망과 맞닿는다. 그는 그의 언어 속으로 침투하고 경유하는 화자들과 함께 이곳에서 새롭게 말하며, 그가 상실을 포착하던 방법을 물려주고, 나란히 마주 본 채 친애를 건네는 이들과 함께 상실이 가득한 겨울을 지나 여름에 이른다. 그 여름이 완전한 완결은 아니기에, 과거는 불태우며 쓰고 있는 현재 이후로도 향할 수 있다.

또한, 과거가 헌정을 통해 발화되는 과정은 단지 과거의 재해석으로만 남지 않는다. 헌정을 통해 현재는 과거를 얻는다. 과거는 이제 더는 권위의 상징이나 굳어버린 신화가 아니다. 함께 쓰며 대화하는 존재이자, 미완결된 자리를 통해 새로운 쓰기를 가능하게 하는 유산이 된 것이다. 즉, 헌정은 이어받을 수 있었고 함께 쓸 수 있었으나, 과거의 권위와 신화를 해체하는 과정에서 생긴 유실물을 되찾는 일이다. 이 유실물은 기형도에게 있어서는 미완결된 희망이었으며, 기형도 트리뷰트 시집의 시인들은 이를 이어받아 지금, 수없이 많은 것을 잃어버리고 있는 이 도시에서 말할 수 있는 새로운 방법을 발견했다. 친애와 초대를 발신하고, 이곳에서 시가 실현해야 할 것을 찾을 수 있었다. 이처럼 불태우며 걸어온 과거가 열려 있는 의미의 자리임을 인정할 때, 현재의 시는 스스로 불태우면서도 소멸하지 않는다. 재로 남는 대신 헌정을 통해 새롭게 쓰이는 과거는 현재와 새롭게 대화하며 계속해서 시를 쓸 동력이 되어준다. 거꾸로 걷는 것처럼 보일지라도, 미완된 자리를 찾아 다시 읽고, 미완결이 품고 있던 한계를 위반하는 한 걸음을 시도할 때, 시는 불꽃이 되어 전진한다.

당선소감

최 의 진

문학이 제게 말을 걸어오는 순간이 좋았고, 그 말을 서툰 언어로나마 적어가는 게 즐거웠습니다. 그러나 때로는 누가 보아도 잘 쓰는 사람이 되고 싶은 조급한 마음에 되려 누군가에게 글을 보여주기조차 싫었고, 써둔 글에 보이는 모자람을 보며 자신에게 한숨만 쉬기도 했습니다. 부끄러울 만큼 덜 자란 자리에서 한 편씩 글을 완성하며 느리게 자랐습니다. 나도, 곁도 찌르던 모난 구석이 깎여나가고, 어떻게 잘할 수 있을지 고민하던 것에서 어떻게 사랑할 수 있을지를 고민하게 되었습니다. 앞으로 글을 쓰면서도 부족한 것들투성이겠지만, 그 부족함을 통해 더 깊이 사랑하며 쓰는 기쁨을 배워가고 싶습니다.

이 소감에 적어둔 말들이 머쓱할 만큼 겨우 막 시작에 서 있습니다. 그리고 이 시작에 혼자 오지 않았음을 기억합니다.

늘 저보다 한 발 앞에서 글을 읽어주신 아빠, 쉽고 상냥하되 아름답고 깊은 글을 꿈꾸게 해주신 엄마, 제가 어려워하는 섬세한 사랑을 몸소 보여주는 동생 희진이. 가장 가까이에서 함께 치열하게 고민해주셔서 감사합니다. 박종학 선생님, 김지영 선생님, 김윤정 선생님, 제가 문학을 읽는 즐거움을 배우고 글을 시작하게 해주셔서 감사합니다. 김춘식 선생님, 황종연 선생님, 박광현 선생님, 좋은 독자가 되는 시작점에 세워주시고, 한 편의 글을 완성해 갈 수 있도록 가르쳐 주셔서 감사합니다. 저보다 더 제 글을 믿어주고 사랑해준 친구들과 가족들, 함께 읽고 쓰는 기쁨을 알게 해준 비평분과 학우들, 부족한 글임에도 가능성을 읽어주신 심사위원님, 그리고 미처 다 적지 못한 모든 고마운 분들께 감사드립니다. 제 모든 글의 기초와 의미가 되시는 하나님께 감사드립니다.

조선일보 – 심사평

작년보다 늘어난 응모작들의 관심은 다양했고 일정한 수준을 유지했다. 역시 동시대 젊은 문학에 예민한 눈길을 주는 풍경이었다. 진지한 문제의식과 예리한 분석도 많았으나, 한편의 비평 작품으로서 유기적 완성도를 갖춘 작품은 드물었다. 동시대의 기존 논의나 외국 이론에 편승하기보다, 스스로 한국문학 장에서 귀납적으로 발견한 비평적 질문을 던지면서, 창의적인 자기 비평을 수행하는 글들이 더 많았으면 좋겠다.

'평론 방법론 비판'은 최근 평단에 대한 비판적 문제 제기인데, 논점을 좁혀 더 구체적으로 파고들었다면 더 좋았겠다. '포스트-휴먼의 바이오필리아'는 인류세 시대의 문학에 관한 의미 있는 성찰이지만, 연역적 담론의 틀에 문학 작품들이 마치 임상 자료처럼 동원되는 느낌이 없지 않았다. 여성적 상속/계승 서사의 문제적 지평을 논의한 '미래 없는 자들의 미래'도 눈길을 끌었지만, 인용이 너무 많아 비평의 척추를 헤아리기 어려웠다. 편혜영의 '아오이가든'에 나타난 좀비 형상화 문제를 다룬 '시체가 되거나, 비인간이 되거나'는 의미심장한 논점을 활달하게 제출하고 있어 논의의 밀도까지 더했더라면 당선권에 거의 근접했을 작품이다. 상호텍스트적인 읽기를 통해 해석의 가능성을 넓고 깊게 했을 뿐만 아니라 동시대의 징후와 연계하여 성찰할 수 있는 비평적 세목들이 어지간했다.

기형도 트리뷰트 시집을 중심으로 시에 있어서 헌정의 문제를 다룬 '빈집의 빈 외투로부터 다시 발화하는 기다림-기형도와 젊은 시인들'은 비평적 관심과 다부진 열정 등 여러 면에서 인상적이었다. 대부분이 동년배에 의해 쓰인 지금, 여기의 감각에 집중하고 있는데, 이 글은 시의 과거와 현재와 미래의 역설적 얽힘을 수고한다. 논의의 밀도와 유기적 구조화 측면에서 아쉬운 점이 없지 않았지만, 영향과 위반, 초대와 친애, 스며들면서 탈주하기의 역동적 맥락을 헤아리는 비평적 에너지와 박력이 남달라 보였다. 빈 집, 빈 외투 이미지에 주목하여 시 쓰기라는 미완의 역설이 어떻게 스스로 불태운 자리에서 새로운 지평을 열어나갈 수 있을 것인지를 응시한 점은 상찬할 만한 미덕이다. 이에 당선작으로 삼아 한국문학의 미래를 부탁하기로 한다. 기꺼운 축하의 인사를 건넨다.

심사위원 : 우찬제(문학평론가)

2024 신춘문예 당선평론집

초판1쇄 발행　2024년 1월 30일

지 은 이　정우주, 김상범, 민경민, 정 원
　　　　　박민아, 김유림, 김지연, 최의진
발 행 인　노용제
기　　획　정은출판 기획부
발 행 처　정은출판
등록번호　신고 제301-2011-008호(2004. 10. 27)
주　　소　04558 서울시 중구 창경궁로1길 29. 3F
전　　화　02)-2272-8807, 02)-2272-9280
팩　　스　02)-2277-1350
홈페이지　www.je-books.com
전자우편　rossjw@hanmail.net
I S B N　978-89-5824-492-9　03810